힙 피플, 나라는 세계

힙피플, 나라는 세계

나의 쓸모와 딴짓

우리가
이토록
사랑받는
이유

김은하×김진방×박소정×
백인혜×손민규×오마영×
우승우×장주연×최강

포르*세

김은하 //

　이 책에 참여한 다수의 공저자가 비생산적인 '딴 짓' 사례들을 아낌없이 투척해주었다. 우리가 의도적으로나 무의식적으로 하고 있는 수많은 딴짓이 어떠한 힘을 가지고 있는지, 그 시시하고 볼품없는 경험들이 어떠한 경쟁력으로 이어지는지 생생하게 적혀 있다. 무쓸모의 시간을 경험함으로써 사실 우리는 언제든 우리의 쓰임이 단절될 수 있다는 경험을 간접적으로 하게 된다. 거대한 경이로움 앞에서도 감탄하고 겸손해지지만 나는 이런 무용함과 유용함의 충돌 앞에서 인간의 한계와 가능성을 동시에 느낀다. 비대해진 자아와 거리두기가 되는 동시에 그 속절 없음이 숭고

하게 느껴지기도 한다. 이 책에 적힌 다양한 분야의 전문가가 전하는 이야기는 삶의 퀄리티를 향한 정답 없는 노력이고 나를 대신해서 경험해준 소중한 지혜다. 한 권의 책을 통해 그 시선과 여정을 함께 즐기는 기쁨이 있을 것이다.

손민규 ///

《구독, 좋아요, 알림설정까지》에 따르면 인플루언서는 크게 세 가지—물질파, 육체파, 정신파—로 나뉜다. 비록 나에게는 재력도, 우월한 외모도, 고상한 지혜도 없고 나 자신이 인플루언서도 아니지만, 성실하게 기록하고 가끔 다른 사람이 웃을 수 있다면 좋겠다는 바람으로 블로그, 페이스북, 인스타그램에 삶을 기록해나가고 있다.

장주연 ///

학창 시절 수업 시간에 읽은 소설책이 가장 재미있었다. 원고 마감을 미루고 보는 영화가 가장 재미있었다. 재미없는 모임에서 들여다보는 페이스북이 재미있었다. 잠을 포기하고 캔들을 만들면서 행복했다. 퇴근길 샛길로 빠져 만난 바다가 참 좋았다. 엉뚱한 만남, 엉뚱한 장소를 누비는 것이 신선했다. 그런 딴짓이 없었다면 지금의 내 일과 부캐, 소소한 행복은 없었을 것이다. 딴짓은 가장 나다움과 자유로움의 시간이다. 내 일과 삶을 풍요롭게 해주는 에너지이자 사람들이 인정해주는 경쟁력으로 이어지기도 한다. 나는 나에게 매일 누른다. "좋아요." 딴짓은 결국 내가 나아갈 길, 내 삶의 방향으로 돌아온다.

김진방 //

나의 딴짓 역사는 길다. 늘 시간을 쪼개 본업만큼 딴짓에 정성을 들여 왔다. 딴짓에 쓸모를 따졌던 것은 아니다. 그럼 이미 딴짓이 아니게 되어 버리니까 말이다. 시간이 지나고 딴짓에 나이테가 늘수록 딴짓은 쓸모가 있어졌다. 딴짓을 하는 나를 찾는 사람이 점점 많아지고, 내 삶에서 본업 못지않은 자리를 차지하게 되었다. 딴짓을 통해 세 권의 책을 쓰게 되었고, 개인 연재 채널까지 운영하고 있다. 이번 책은 나의 딴짓이 어떻게 스스로 쓸모를 찾았는지를 회고해보는 좋은 기회가 되었다.

박소정 //

2016년 가을, 오래 다니던 회사를 그만두었다. 그리고 전혀 생소한 분야인 '출판'을 준비하면서 SNS에 그 준비 과정을 하나씩 공유했다. 느린 속도로 하나하나 공부해서 창업을 준비하는 과정 속에서, SNS를 통해 수많은 분의 응원과 격려를 받았다. SNS는 창업을 준비하던 나의 기록이자 일기장이었고, 매일 수없이 쏟아지던 관심과 격려 덕분에 중간에 포기하지 않고 지속적으로 준비해나갈 수 있었다. 지금은 출판사를 창업한 지 3년이 되었지만 나는 여전히 SNS를 통해 독자분들을 만나고, 영감과 에너지를 얻는다. SNS에서 만나는 수많은 분은 녹색광선의 독자이자 나의 동료다. 해 질 무렵 드물게 볼 수 있는 자연현상인 녹색광선처럼, SNS를 통해 만난 독자님들은 모두 흔치 않은 감성을 지닌 녹색광선과 같은 존재다. 이분들을 위한 아주 특별한 책을 오래도록 만들고 싶다.

우승우 ///

사실 딴짓을, 사이드 프로젝트를 해야겠다고 계획을 세우거나 의도한 적은 없다. 우리 일상과 밀접하게 연결되어 있는 브랜드와 관련한 일을 하다 보니 주위의 많은 것에 관심을 가져야 했고, 그 관심사를 실제 행동으로 옮기고 꾸준히 반복하고 기록했더니 누군가는 그것들을 딴짓이자 사이드 프로젝트라 불렀다. 하지만 곰곰이 생각해 보면 왜 '딴'이고 '사이드'일까? NGO 활동이든, 출판 관련 프로젝트든, 가족과의 여행이든 결국 각자의 일상이고 각자의 브랜드를 만들어 가는 과정인데. 퍼스널 브랜드에 대한 관심이 높고 모두가 브랜드가 되고 싶어 하는 시기에 딴짓과 사이드 프로젝트는 결국 나라를 세계를, 나라는 브랜드를 만들어 가는 가장 매력적이고 지속 가능한 방법이라고 할 수 있을 것이다.

오아영 ///

　"○○가 밥 먹여주냐!"는 이 하염없는 말에 "그래! 밥 먹여준다!" 하고 응수할 수 있는 운 좋은 나는, ○○가 먹여주는 밥을 먹고살아가는 나는, 말하고 싶다. 딴짓은 없다고. 우리 삶 속 우리가 하는 모든 일은, 중대하다고. 당신의 존재가 중대하므로. 딴짓이라는 표현을 굳이 써서 말해본다면 실은 안 딴짓은 딴짓을 하기 위해 우리가 하고 있는 일이 아니겠느냐고. 살아남기—생존을 위해 생산성 발휘하는 안 딴짓—는 살아가기(딴짓)를 위해 하는 거니까. 삶이 생명을 위해 존재하는 게 아니라 생명이 삶을 위해 존재하는 거니까. 무엇이 무엇을 위한 것인가. 딴짓. 우린 무엇을 딴짓이라 부르고 무엇을 안 딴짓이라 불러야 하는가. 우리는 이 위계를 다시 한번 생각해볼 필요가 있다. 그리고 내 삶은, 내 삶의 모든 일은—딴짓 혹은 안 딴짓들은—이 위계의 전복을 외치는 일로 채워져 있다.

최강 ///

오랫동안 딴짓은 일상을 벗어나서 하는 것이라고 여겼다. 하지만 종이접기를 하면서 일상을 유지하기 위해 딴짓을 하는 것이라고 생각이 바뀌었다. 나는 딴짓을 하며 일상의 무게와 속도에서 벗어날 수 있었다. 다시 일상을 넉넉히 담을 만큼 충분히 회복되었기 때문이다.

백인혜 ///

딴짓으로 시작한 페이스북이 밥벌이가 되었고, 내 인생에 많은 부분을 변화시켜주는 터닝포인트가 되었다. 주객이 전도된 지금, SNS 밥벌이에 무기들을 하나씩 장착하고자 쓸모 있는 딴짓을 계속되는 중이다. 그러한 시간들이 없었다면 지금의 나도 없었을 것이고, 앞으로도 그렇다. 포르체 출판사 대표님 페이스북 게시글에 '좋아요'를 누른 것을 인연으로 책까지 쓰게 되었다. 온라인으로 관계를 맺은 인연도 얼마든지 많은 변화를 가져다줄 수 있다. 모든 직간접 경험은 축적되면 긍정적이든 깨우침이든 자산이 되는 것을 알기에, 오늘도 페북 놀이터에서 기웃거린다. 그동안 경험을 짧게나마 있는 그대로 담았다. 스스로 아주 평범하다고 생각하는 누군가도 SNS를 통해 충분히 변화된 삶을 누릴 수 있는 것을 알기에 미리 축하드린다.

차 례

아이스크리에이티브 대표

<u>김은하</u>

40%의 예술 감각과 30%의 문학에 대한 호기심, 20%의 커뮤니케이션 재능과 10%의 관종력을 재료 삼아 개성 있는 삶을 디자인해나가고 있는 에디터이자 크리에이티브 디렉터.

한마디 소개 <u>사랑 앞에서는 늘 아마추어</u>

1993년 응용미술과에 진학했고, 1997년에는 입시 미술학원을 운영했으며, 2002년에는 반려묘, 나라를 만나 12년간 동거했다. 2006년에는 파란에 〈멍의 삐딱선〉이라는 글과 그림을 연재했고, 2009년에는 《음주사유》라는 책에서 카툰을 그렸다. 현재 아이스크리에이티브라는 패션뷰티 인플루언서 매니지먼트 회사를 운영하고 있다.

1

——

크리에이터를
꿈꾸는
당신을 위한
러닝메이트

서랍 속 무한한 우주를
헤매는 히치하이커

크리에이티브를 큐레이션하다

2013년 11월 초겨울 어느 날, 스타벅스 신림사거리
점 2층에서 1시간 정도에 걸쳐 미팅을 했다.

"그러니까 자, 들어보세요. 다들 스마트폰을 쓰잖아
요? 디바이스가 삶의 많은 것을 바꾸고 있어요. 이 작은
핸드폰으로 볼 게 많아졌죠? 그럼 앞으로는 또 얼마나 다
양한 모바일향 콘텐츠가 필요할까요? 블로그 글과 사진
으로 충분할까요? 습관적으로 구독해 온 기사와 칼럼, 구
매할 엄두도 나지 않는 명품으로 뒤덮인 모델 사진으로
충분할까요? 진부한 레거시 미디어 대신 SNS와 그에 맞

아이스크리에이티브 대표 김은하

은 콘텐츠가 사랑받는 시대가 올 거예요. 우리가 그걸 시작하면 돼요. 어떻게 하면 되냐고요? 일단 찍으세요. 뭘 찍냐고요? 가장 자신 있는 거. 계속 찍을 수 있는 거라면 뭐든 좋아요. 뭘로 찍냐고요? 갖고 계신 그 핸드폰으로요! 그거면 충분해요!'"

그렇게 신림사거리, 신사동 가로수길 카페, 상암동 빵집, 홍대 밥집, 이태원 펍, 올리브영 매장, 백화점 행사장에서 나는 또렷하게 열변을 토했다. 당시 방송에 출연했던 게스트, 포털 사이트 파워 블로거, 매거진 에디터, 현직 아티스트 등을 일일이 찾아다니며 설득하고 또 설득했다. 지금은 이미 50만, 100만, 200만 팔로워를 보유한 채널 운영자이자 크리에이터로 성장한 사람들이다. 나는 그들을 붙잡고 무조건 시작하면 어떻게든 방법이 생긴다고, 결과물이 나오면 그 작은 공이 스노우볼처럼 불어나 나중에는 거대한 현상이 되어 시대의 주류가 될 것이라고 말했다. 일단 찍어서 가져만 오면 릴리즈하는 건 기술이, 관리하는 건 시스템이 알아서 작동한다는 설명도 해주었다. 자신 있게 말할 수 있었던 건 그만큼 확신이 들었기 때문이다. 그걸 시작으로 나는 지금 크리에이티브를 발굴하거나 지원하고 매니지먼트하는 MCN(다중 채널 네트워크) 회사를 운영하고 있다.

1인 미디어를 보유하고 있다는 건, 책임을 전제로 자율성을 십분 발휘할 수 있다는 뜻이다. 무한한 이야기를 창조해낼 수 있고, 어떤 형태로든 특별한 제약 없이 콘텐츠를 올릴 수 있으며, 채널 전략에 따라 탄력적으로 운영, 관리할 수 있다. 플랫폼의 정책과 사회적 합의 수준을 적절히 준수한다면 활동을 하는 데 큰 어려움 없이 창작자가 의도한 대로 본인의 채널을 성장시킬 수 있는 시대가 되었다. 엄선된 큐레이팅을 기반으로 양질의 경험을 전달하는 크리에이터는 차별화된 정보와 재미, 영향력을 행사하는 인플루언서로 자리매김하게 되었다. 그럼 인플루언서라는 역할이 예전에는 없었던 걸까?

고등학교 시절, 용돈을 모아 굳이 시내에 있는 헤어숍에 갔다. 헤어는 물론이고 요즘 유행하는 모자나 신발, 옷에 대한 정보도 접할 수 있기 때문이었다. 어떤 연예인이 이런 스타일을 하고 나오더라, 여드름 치료에는 뭐가 좋다더라, 원장님이나 실장님과 친해질수록 고급 정보가 쏟아져 나왔다. 학교 다닐 때도 소위 트렌드를 선도하는 선배가 몇 명 있었다. 같은 교복을 입었는데도 분위기는 전혀 달랐다. 그러한 디테일을 보는 것도, 그걸 따라 하는 것도 모두 재밌었다. 음악이나 영화는 방송반 리더에게 소개받았고 책은 한 학년 위 도서 부장 선배로부터 선물 또는 추천을 받았다. 그들이 바로 지역 단위의 마이크로 인플루언서였던 것이다. 시절만 달라졌을 뿐이다. 그들은 PC통신 동호회장, 포털 사이트 카페 방장과 같이 자신만의 커뮤니티를 거치고 파워 블로거를 통해 1인 미디어 시장에 안착했다. 지금은 대형 플랫폼의 조력을 받아 유튜버, 인스타그래머, 페부커, 틱토커 등 메가급 인플루언서로 진화했다.

세상은 무수한 정보와 상품을 쏟아내고 있다. 이러한 홍수 속에 주문은 온라인으로 몰리고 있다. 어떠한 방식으로 정보를 습득해서 소화해야 할지 종종 막막하다. 나의 가치관이나 취향에 맞지 않는 것들이 주는 피로도 상당하다. 이로운 것을 취하고 싶은 욕구만큼 해로운 것을 피하고 싶은 욕구도 크다. 그래서인지 큐레이션이 더욱 빛을 발하는 시대가 되었다. 큐레이션을 하는 주체가 AI가 아닌 사람이 되었을 때 주는 신뢰와 재미는 더욱 매력적일 수밖에 없다. AI의 경우 최고의 효율과 최선의 솔루션을 제시해줄 수는 있어도 새로운 변화와 가치를 만들기는 어렵다. 인간의 경험과 사고를 통해 도달하는 큐레이션의 핵심 가치 중 하나는 새로운 발견을 통한 성취와 자기 존중이다. 이것을 실현하는 데 AI는 한계가 있다.

휴머니즘적 감각과 전문 영역에 대한 탁월한 실력, 콘텐츠 제작 능력까지 겸비한 크리에이터가 소중한 시대다. 다행히 나는 그런 사람들을 발굴하는 데 흥미와 재주가 있다. 우리 회사는 그들이 창작에 집중할 수 있도록 제작 환경은 물론이고, 최적의 생태계를 구축하는 데 효과적인 시스템을 제공하고 있다. 이런 체계를 잘 구축해 사람들이 더욱 주체적으로 삶을 즐기고, 자아를 실현하면서 성장해 나갔으면 하는 바람이다.

나 역시 크리에이티브를 발굴하는 과정에서 스스로 크리에이터가 되기로 결심했다. 집중해야 할 분야의 크리에이티브를 선정하고 그에 맞는 창작자를 발굴, 육성하여 그들을 통해 콘텐츠를 만들고 사람들에게 널리 유통될 수 있도록 직·간접적으로 활동하고 있는 것이다. 이제 나는 창작자로서의 고충을 진지하게 고민할 수 있게 되었다. 아이디어 고갈이나 채널의 지속 가능성에 대한 고민, 작품성과 상업성 사이에서 생겨나는 고충, 세대 교체에 대한 두려움 같은 것들이 늘 걱정거리로 따라다닌다. 사실상 창작 활동을 하는 미디어라면 모두 가지고 있을 어려움이다. 이때 내가 나침반 삼아 늘 상기하는 가치는 '변화와 성장'이다. 두려움 없이 당당하게 도전하면서 긍정적인 경험을 자양분 삼아 꾸준히 성장해 나가는 것. 옆으로 가도 좋고 뒤로 가도 좋고 그 자리에 머물러도 좋다. 그 결정을 본인 스스로 두려움 없이 할 수만 있다면 그것이 진정한 자유이자 성장이다. 나는 그러한 가치를 믿고 지지하고 서포트하는 크리에이터이자 큐레이터고 비즈니스 솔루셔너다.

며칠 전 새벽에는 샤워를 하다가 문득 긴 머리가 지겨워 가위로 머리카락을 싹둑 잘랐다. 근주자적(近朱者赤)이라고, 뷰티 크리에이터와 일하다 보면 아무 때나 용감해진다. 나의 전투력과 실행력을 믿고 요즘 재유행한다는 Y2K 세기말 패션 아이템도 골라 장바구니에 담았다. 심장이 뛰는 일을 발견하고 그것에 감탄하며, 체화하는 과정에서 사람들과 영향을 주고받아 다시 한번 변화와 성장을 도모하는 일. 그것이 나의 작은 행복이다.

MCN 회사가 곧 브랜드가 되는 시대

9살짜리 아들이 있다. 아들이 학교에서 "뭐가 되고 싶냐"는 질문에 "샌드박스 크리에이터가 되고 싶어요!"라고 답했다는 제보를 입수했다. 엄마가 MCN 회사 대표인데 다른 회사 소속 크리에이터가 되고 싶다니…. 아무튼 아이가 그냥 크리에이터도 아니고 '샌드박스'를 꼽아 구체적으로 언급한 이유가 뭘까? 아마도 '크리에이터가 소속사를 찾는 이유'가 그 안에 있을 것이다.

보통 유튜브에서 활동하는 크리에이터는 직접 영상을 기획하고 촬영, 편집, 업로드하는 방식으로 본인의 채널을 관리하고, 해당 영상을 시청한 채널 구독자나 플랫폼 이용자에게 도달하는 광고 밸류에 따라 플랫폼으로부터 일정 수익을 받게 된다. 게임, 엔터테인먼트, 푸드, 뷰티 등 카테고리에 따라 조금씩 다르긴 하지만, 보통 본인의 거주 공간이나 접근이 편한 장소를 기반으로 휴대폰이나 미러리스 카메라로 촬영을 한 뒤 간편한 툴을 통해 편집을 거쳐 본인이 판단한 적절한 시간에 맞춰 자유롭게 영상을 업로드한다. 음악, 폰트, 이미지 등을 사용하고자 하는 니즈가 적다면 영상 한 편을 만들어 올리는 과정은 복잡하지 않다. 수익을 만들거나 정산을 받는 구조 또한 간단하다. 이 시기에는 창작자와 유저, 플랫폼 외 특별히 개입되는 사업자도 거의 없다. 영상으로 올린다는 걸 제외하고는 블로그나 인맥 기반의 SNS와 크게 다를 게 없어 보인다.

사람이 등장하지 않는 영상도 많다. 가령 레고 젤리 만들기의 경우 손으로 만드는 과정만 담아도 하나의 콘텐츠가 되기 때문에 굳이 음성을 녹음하지 않고 무성의 튜토리얼 영상을 만들어 올리면 된다. 그러면 그걸 인도에 사는 어린이나 말레이시아에 사는 청년이 시청할 수 있는 것이다. 만국 유저들이 공감할 만한 소재와 재미로 승부를 본다면 시청 타깃은 국경을 허물고 전 세계적으로 확대될 수 있다.

패션이나 뷰티 카테고리의 경우 로컬 정서나 문화, 트렌드에 민감하고 시청자들이 즉각적으로 유튜버와 교감하는 것을 즐기기 때문에 신속하고 정확한 커뮤니케이션 능력이 중요하다. 그리고 이것을 잘 표현해주고 전달할 '사람' 또한 중요하다. 특히 제품 정보나 제품 사용 경험을 리뷰로 제공할 경우엔 영상에 등장하는 인물의 역량이 핵심이다. 이들의 경우 셀프 이미지 메이킹은 물론이고 전문성을 쌓기 위한 꾸준한 학습, 채널의 지속성을 위한 건강과 컨디션 관리에 이르기까지 고강도의 자기 계발과 관리가 필요하다.

레거시 미디어에서 디지털 미디어, 특히 1인 미디어로 대거 이동한 지금 사용자의 기대 수준이나 요구 사항들은 매우 다양하고 디테일해졌다. 그에 따라 자연스럽게 유튜브 영상의 생산과 소비 방식도 진화했다. 게다가 콘텐츠를 공급하는 창작자들의 진입이 더욱 활발해지면서 영상의 질도 좋아지고 양도 많아졌다. 기획이나 포맷, 연출도 입체적으로 바뀌었다. 초기의 영상 수준을 대체한다기보다 새로운 형태의 것들이 많아진 탓에 다른 전문가들의 도움이 추가로 필요한 채널도 많아졌다.

제작뿐만 아니라 콘텐츠나 미디어를 통한 광고 비즈니스도 덩달아 다양해졌고, 클라이언트의 요구 역시 늘어나면서 이에 대응할 수 있는 가이드가 중요한 역할을 하게 되었다. 크리에이티브를 지키면서 광고 효과를 동시에 만족시킬 수 있는 노하우를 학습하고 실행하고 리뷰하면서 회사의 역량도 고도화되고 있다. 이제는 이것이 인플루언서 비즈니스의 핵심 경쟁력이다.

게다가 우리 회사처럼 뷰티 산업 내에서의 인플루언

서란 동서고금을 막론하고 제 역할을 분명히 해 온 채널이다. 따라서 그 테스티모니얼의 가치가 유효한 환경을 구축하는 게 매우 중요하다. 플랫폼이 무너진다고 인플루언서도 함께 무너져서는 안되기 때문이다. 그 답이 휴먼 브랜딩과 오리지널 콘텐츠 유통이다. 인플루언서 개인에 기반한 콘텐츠 생산 구조를 구축해 건강한 생태계를 만드는 것. 창작자는 창작에, 광고주는 제품 개발에 집중하도록 하고 소비자는 합당한 방식을 통해 정보와 상품, 가치를 누릴 수 있도록 하는 것. 회사는 신뢰할 수 있는 시스템과 철학, 비전을 제공하고 소비자와 생산자를 연결, 확장하는 역할을 하는 것이다. 이것이 내가 가고 있는 길이고, 존재하는 방식이며, 신뢰를 증명하는 방법이다. 무엇보다 각 주체들의 상생을 위해 회사 자체가 브랜드가 되어야 하는 이유다.

10여 년 전 나를 믿고 시작해준 여러 크리에이터들은 지금도 현역에서 활발하게 활동하고 있다. 어떤 이는 후배를 양성하고, 어떤 이는 사장이 되었으며, 또 어떤 이는 콘텐츠 프로듀서가 되었고, 또 어떤 이는 화장품을 만드는 크리에이티브 디렉터가 되었다. 물론 본인의 미디어를 통해서 말이다. 무엇을 하든 주체적으로 활동하고 책임지는 사람은 위기가 와도 그것을 기회로 만든다. 그리고 자신을 믿고 응원하는 사람을 위해 누구보다 최선을 다한다. 내가 신뢰하고 존중하는 크리에이터들의 공통점이다.

인플루언서. 그 뜻을 다시 한번 마음에 새겨본다. 인플루언서란 수만 명에서 수십만 명에 달하는 팔로워(Follwer: 구독자)를 기반으로 SNS를 통해 대중에게 영향력을 미치는 이들을 지칭하는 말이다. 이 말은, 곧 대중에게 진정성과 지속성을 발현하기 위해 끊임없이 배우고 노력하고 끝까지 책임져야 한다는 뜻이다.

나다운 나를 디렉팅하라

2019년 초가을이었나, '크리에이터 위크&'이라는 컨퍼런스에서 강연을 한 적이 있다. 그게 온라인 기사로 나갔는데 내 사진을 보고 어떤 누리꾼이 댓글로 "마흔 넘어서 크롭티 뭐냐."라고 남겼더랬다. 나 같은 사람이 뭐라고, 나이까지 가늠해주는 것도 모자라 수고롭게 댓글까지 남겼을까. 크롭티에 방점을 둔 나의 큰 그림에 관심을 가져준 덕분에 약간의 성취감까지 느끼게 되었으니 고마워해야 할 일이다.

나는 1997년 9월에 난생처음으로 해외여행을 갔다. 호주 시드니의 날씨는 봄이라고 했다. 시티 조지스트릿 사거리에 서 있는데, 그야말로 근본도 없고 개념도 없고 일관성도 없는 패션이 난무했다. 무스탕에 반바지, 민소매 티셔츠에 부츠, 카우보이 모자에 드레스, 넥타이 맨 셔츠에 운동화라…. 〈남자 셋 여자 셋〉 같은 캠퍼스룩이 최선인 줄 알았는데, 마치 우유에 밥 말아 먹는 사람을 봤을 때와 비슷한 충격을 받았다. 미스매치가 주는 묘한 아름다움, 다양함이 주는 자유로움, 시선을 의식하지 않는 당당한 매력이 내 마음을 흔들었다. 그리고 결심했다. 많은 것을 보고 즐기면서 새로운 감각을 배우고 그것을 통해 퍼스널 비주얼 아이덴티티를 만들어보겠다고.

패션에 대단한 철학을 부여하지는 않는다. 그저 나라는 사람과 잘 어울리는 무드를 탐색하고, 그날그날의 콘셉트에 맞게 아이템을 고르고, 디자인에 따라 연출한 스타일링을 즐기는 게 전부다. 그런데 이 과정이 매끄럽게 이어지려면 생각보다 많은 정보처리 과정이 필요하다. 점심 메뉴 하나를 고를 때도 우리는 그간 먹어온 모든 음식에 대한 데이터와 환경과 최근 건강 상태, 그날의 복장과 거리, 내가 봐온 주변 사람들의 취향까지 고려해 최적의 안을 찾아내곤 하지 않던가. 마찬가지로 스타일링 하나를 완성하는 데 동원되는 정보도 상당하다. 평소 나는 핀터레스트를 사용하거나 영감을 받았던 이미지를 구글링하거나 신진 패션 디자이너 브랜드의 신상을 챙겨 본다거나 생소한 키워드를 검색해 보는 식으로 틈틈이 정보를 사냥한다. 자극과 탐구, 성실한 해찰과 어느 날의 점화를 통해 남들이 뭐라든 매일 새로운 프로젝트에 도전하며 나다운 내가 되는 것에 집중하는 것이다. 뜻밖의 조합, 건강한 충돌 이런 것을 시도해볼 수 있는 역량과 매체를 꼭 외부에서 찾을 필요는 없다. 나를 가장 잘 아는 PD와 걸어다니는 미디어이자 변화무쌍한 무대는 모두 내 안에 있으므로.

익숙한 것을 새롭게 바라보는 눈

지난 수요일 오후, 은행에 방문할 일이 있어 폐점 전까지 도착하기 위해 택시까지 타고 서둘러 달려갔다. 코로나19 거리 두기 단계 조정에 따라 영업시간이 오후 3시 30분으로 단축된 걸 몰랐던 나는 굳게 닫힌 은행 문 앞에서 낭패를 보고 다시 돌아와야 했다. 어쩔 수 없이 다음 날 휴식 시간을 틈타 회사 근처 은행에 다시 방문했다. 갈 땐 정신이 없었는데 나오고 보니 점심시간이 시작될 때라 서두를 필요가 없겠다 싶어 여유 있게 걸어서 회사로 돌아가기로 했다.

모두가 근무하는 분주한 평일에 우연히 골목길을 걷게 되면 직전까지의 긴장감은 서둘러 가시고 전혀 새로운 공기와 풍경을 맞닥뜨리게 된다. 이를테면 방금 전까지는 십여 명의 사람들과 분초를 다투며 논쟁하고 고민하며 치열한 시간을 보냈는데 회의실 문을 열고 정문을 나와 골목으로 들어서고 보니 전혀 다른 시공간에 사는 것 같은 이들의 모습과 소리, 냄새, 장면이 눈앞에 펼쳐져 있는 것이다. 그것에는 유토피아적 감수성이 존재한다.

가던 길을 멈추고 배낭에서 돋보기를 꺼내 천천히

핸드폰 문자를 확인하는 어느 장년의 모습, 만들던 음식을 뒤로하고 시멘트 블록에 걸터앉아 연초 담배를 태우고 있는 낡은 가운을 입은 주방장, 빌라 입구에 기대어 서서 "너 걱정할까 봐 일부러 전화 안 했어."라고 말하는 어느 청년, 좌우 같은 보폭으로 열심히 걷다가 갑자기 전봇대에 왼발을 올려 걸친 뒤 운동화 끈을 묶는, 위아래 같은 곤색의 등산 복장 차림을 한 아주머니, 하이브리드 운동화를 신고 한 손은 호주머니에 넣은 채 벨 대신 열쇠 끝부분으로 유리문을 톡톡 두드리며 "여보세요 이 씨!"를 부르는 베레모 모자를 쓴 귀여운 할아버지.

여긴 틀림없이 다른 세상이다. 그야말로 '무엇이 중헌디!'를 깨달음은 물론이고 삶의 정수를 만나는 시간이다. 어디 사람뿐이겠는가. 무성하게 피어 바닥에 붙어 있는 낙엽과 풀들도, 오랜 흔적을 품고 쓸쓸하게 세워져 있는 빛바랜 플라스틱 의자도, 타노스가 버리고 간 거대한 반지처럼 뒹굴고 있는 폐타이어도, 너덜너덜 다 뜯긴 종이 박스도, 껍데기만 남은 화분도 이상한 나라와 나를 연결해주는 '이상한 나라의 뽕망치' 같은 물건이 되어 내게 더 무한한 세상이 있음을 깨닫게 한다.

삼각지역 골목 포장마차 앞 생선 트럭에서 나오는

호객 멘트를 들으며 34층, 35층 키를 다투고 있는 마천루를 바라보고 있자니 '나는 지금 무엇을 위해 일하고 있나', '어느 곳을 향하고 있는가', '나에게 소중한 건 무엇인가'와 같은 진부한 질문들이 새삼 새롭게 다가온다. 낯설게 보기는 결국 거리 두기를 통해 과거와 현재 그리고 미래를 동시에 살아보는 방법이다. 파편화된 세상을 통해 나타나는 '나'라는 정체성은 진짜일까? 과거를 자꾸 돌아보는 건 어쩌면 '나의 정체성'을 스스로 증명하기 위해 왜곡된 소설을 쓰는 일일지 모른다. 과거의 누군가가 사실을 가지고 나를 증명한다고 해도 그것이 내가 믿고 있는 나의 정체성을 훼손하는 일이라면 이를 막아야 한다는 무의식 때문에 우리는 어쩌면 많은 사람들과 안 해도 될 이별을 해 온 것일지도 모르겠다. 내가 의식적으로 찾아가는 길들은 결국 나를 발견하려던 노력을 사실상 실패하게 만들었을지도 모른다. 우연히 만난 골목길 가게 유리에 비친 내 모습을 보면서, 다양한 타자의 모습을 관찰하는 나를 느끼면서, 태어나고 죽는 사물들을 바라보면서 그저 나를 새롭게 발견하는 거울을 찾은 것이라 여기며 걷고 또 걸어 본다.

낯선 경험을 하고자 일부러 찾아가기도 하지만 대개

는 그러한 경험이 불시에 내게 찾아온다. 불완전한 것들과의 조우. 그 즐거운 충돌. 낯선 관점을 통해 생각의 거리를 확보하고 수만 가지 다양한 것들을 기꺼이 경험해보겠다는 용기. 그것이 해방이고 자유일 것이다. 뜻밖에 만난 가을 골목길에 연감이 주렁주렁 매달려 있다.

무용한 것들의 유용성

요즘에는 불멍, 물멍, 달멍, 숲멍이 돈을 쓰면서까지 즐기는 트렌드가 되었다. 하지만 '멍은하'라는 별명을 얻었던 내 어린 시절에 '멍'이라는 건 말 그대로 대답하기 귀찮아서 못 들은 척하는 나를 향한 핀잔이기도 했고, 그 핑계로 휘말리기 싫은 대상과 거리를 두려는 내 마음을 정확히 읽어낸 일침이기도 했다. 엄마, 아빠가 "이것 좀 와서 도와라"라며 다섯 번 정도 부르다 지쳐 방 문을 열었을 때 내가 뭔가 골똘한 표정을 하고 면벽수행을 하듯 멍하게 앉아 있으면, "거봐, 여보. 쟤는 뭘 생각하고 앉아 있으면 옆에서 전쟁이 나도 모른다니까."라며 부모님이 흡족해

하셨으니, 내 딴에는 그렇게 억울하다고만 할 일은 아니다. 여하튼 소음도 싫고, 필요 이상으로 친한 것도 싫고, 만사가 다 귀찮았던 그때의 나는 '멍'이라는 카드를 수시로 남발했고 그래서 나의 별명은 자연스럽게 '멍은하'가 되었다.

사람은 별명을 닮아간다는 말처럼 나는 자연스럽게 부캐가 아니라 본캐가 '멍은하'인 사람이 되었다. 처음에는 1차원적으로 먼 산만 바라보다가 뽁뽁이 터뜨리기, 종이별 접기, 땅콩 볶기, 멸치똥 따기, 행주 삶기를 거쳐 다이어리 꾸미기, 산책하기, 음악 듣기, 십자수, 도자기, 사진 찍기 등의 취미로 혼자 놀기와 단순노동의 방식이 진화했다. 방식만 다를 뿐 궁극적으로는 모두 '딴생각과 딴짓'을 할 구실을 찾는 거였다.

단순노동을 하게 되면 굉장히 하찮아진다. 생산적인 일을 하지 않아도 세상은 너무나 잘 돌아가고 효율을 계산하지 않아도 문제가 되지 않는다는 사실을 알게 된다. 내가 홀연히 제거되었는데 세상은 팽팽 잘 돌아가는 느낌. 과장된 표현을 보태자면 잠시 죽음의 상태가 되는 것이다. '아, 나는 별난 존재가 아니구나. 내가 없어도 아무 문제가 없구나!' 그런 상태가 되면 묘하게 용기가 생긴다. 뭘 해도 괜찮을 것 같은 자신감이 붙는 것이다. 잘 걷기만 해도 박수받을 것 같은 기분이다. 모든 경험이 새로운 가능성의 잠재값으로 전환되는 순간이다.

'멍'이라는 가면을 통해 나태함을 반기고, 도피할 명분을 찾고, 무책임을 인정하는 해방의 시간들! 의식 아래 있던 페르소나와 잠시 이별하고, 홀가분한 상태에서 외면하고 부정해왔던 것들을 환대로 채우기 시작한다. 관대해지면 나타나는 증상 중 하나가, 무쓸모였던 여러 경험들이 활기를 띠면서 괜찮은 아이디어로 부활하는 거다. 스티브 잡스가 얘기했듯 '순간의 점'들이 여러 가능성의 재료로 연결되어 선명한 선, 하나의 면이 되는 것이다. 이처럼 무능했던 과거가 때로는 새롭게 도전할 미래의 밑천이 되기도 한다. 발상의 전환. 디자인 씽크. 그야말로 정신 승리가 이루어지는 순간이다.

예전에는 눈을 뜨면 제일 먼저 스마트폰으로 일정을 체크하고 하루를 어떻게 준비해야 좋을지 두뇌를 풀가동했다. 요즘은 간밤에 꾼 꿈을 복기해보고 무의식을 감상하며, 누운 채로 다시 눈을 감고 주변의 소리를 가만히 감상한다. 계절을 느낀다는 건 겸손해지는 태도를 배우는 것이다. 그렇게 배운 태도로 하루를 다르게 쓴다는 건 지혜를 배우는 것이라 여긴다. 삶의 경이로움에 감탄하면서 동시에 작은 것들을 소중하게 다룬다는 건 먼 미래에 대한 믿음과 오늘에 대한 치열함을 낳는다. '오늘의 나'는 앞으로 바라봐야 할 방향이 되고 몸을 일으키는 원동력이 된다. 이 두 세계가 조화를 이루기까지 밥벌이와 딴짓 간의 지지와 교류가 있었음은 말할 것도 없다. 오늘도 어김없이 전날 주워 담은 각종 재료와 노동의 흔적이 멍 루틴을 틈타 알아서 운동을 하더니 하루만큼 사용할 근육이 되어 제법 쓸 만한 몸을 만들어 주었다. 무용한 것들의 유용성에 또 한 번 감탄한다.

서랍 대청소

어릴 적 친구는 뭔가 복잡한 상황이 되면 마음을 다스리기 위해 미친 듯이 김을 구웠다. 중3 때였나, 학교에서 친구들과 다툰 후 귀가한 그 아이가 걱정되어 친구 집에 전화를 했는데 그의 엄마로부터 "갸 지금 김 굽고 있다."는 말을 듣고 안심했던 기억이 난다. 요즘 말로 하자면 '김굽멍' 정도 되려나. 조금이라도 불의 세기나 간격,

시간이 적절하지 못하면 홀라당 타 버려서 싱크대 물통으로 던져지는 김의 운명에 몰입하다 보면 이 세상에서 그것보다 중요한 건 없어지게 된다. 바삭해진 김을 차곡차곡 쌓아 가위로 반듯하게 잘라 반찬통에 넣는 단순한 일을 성실히 해내면 그 사소한 성취감이 또 심신의 안정과 체력으로 이어진다. 그사이 친구는 무슨 생각을 했을까? 아무튼 그렇게 생산적인 화풀이를 한 덕분에 그도 회복하고 또 구운 김 떨어질 일이 사라졌으니 그야말로 윈윈이다. 친구 따라 강남 간다고 나도 지고 싶지 않아 시도한 가족공동체 기여형 스트레스 해소법이 있다. 그것은 바로 '서랍 정리'다.

극단의 맥시멀리즘을 지향하는 김양숙 씨의 맏딸로 그리고 치장하기 좋아하는 세 자매의 첫째로 산다는 건, 내 의지와 상관없이 방향(芳香)에 좋다는 귤 껍질과 한 집에서 살아야 한다는 뜻이자 인원수만큼 똑같은 머리 끈과 핑크색 시계, 보석 사탕 반지, 플라스틱 목걸이, 마론인형 같은 게 무리를 지어 엉키고 풀어헤쳐진 채 집 구석구석에 살고 있다는 뜻이었다. 그런 집에서 서랍이라는 건 세상 모든 만물이 모인 놀이터였다. 늘 재밌는 물건이 넘치는 곳, 버려도 버려도 화수분처럼 끊임없이 이야기가 솟아 나오는 곳이었다.

　서랍을 열심히 털다 보면 시간 가는 줄 몰랐다. 복잡한 일을 마치고 나면 습관처럼 서랍 정리를 했다. 그 안에 잠들어 있던 작은 물건과 메모, 흔적들을 하나하나 집어 들어 추억한 뒤 보낼 건 보내고 남은 아이들을 새롭게 정리한 뒤 서랍을 바라보면 마음이 정화되는 것 같았다. 비워진 공간에 새로 들어올 것을 떠올리는 일도 즐거움 중 하나였다. 해외 출장이나 여행을 떠날 때면 버려도 되는 낡은 티셔츠와 속옷, 물품을 챙겨 가 현지에서 사용한 뒤 미련 없이 버리는 식으로 빈 가방을 만들어 그곳의 골동품들로 채워 돌아왔다. 트렁크는 움직이는 또 다른 서랍이기도 했으니까.

　'서랍 정리'의 역사는 대체로 평범하지만 내 인생에 미친 나비효과는 적지 않다. 태어난 집 근처에 있는 보광사 돌계단을 올라가고 있는 한 살 때 사진과 서랍 속에 함께 보관된, 당시 입었던 털 뜨개질 망토를 발견하고는 사진, 디자인, 예술 그런 것들을 막연하지만 꼭 해보고야 말겠다는 열망에 미술 학원으로 달려갔다. 초고속으로 강의를 등록한 뒤 이후 응용미술을 전공하게 되었다. 무용한 '서랍 정리'가 삶의 전환점이 되어 나에게 유용함을 준 것이다. 해찰이라고 하는 작은 일탈이 참으로 재미있고 아이러니할 뿐이다.

혼자만의 시간이 필요할 때면 나는 꾸준히 모아온 각양각색의 잡동사니들을 서랍에서 꺼내놓은 뒤 무심히 정리를 시작한다. 버릴 것, 나눌 것, 리폼할 것, 소장할 것들로 내용물을 분류해 포화 임계점에 다다른 머릿속과 주변 환경을 말끔하게 정리하는 프로토콜을 반복한다. 결혼한 지금도 우리 집에는 내 소유의 서랍이 10개 정도 있고, 내 전용 붙박이장이 하나 있다. 그 안에 나의 우주가 있다. 주말이든 계절이 바뀔 때든 명절이든, 바쁜 일이 일상을 쓸고 지나간 뒤면 어김없이 그곳을 열어 그 안에 담긴 것들을 가만히 들여다본다. 감성에 기대 추억하고 상상하고 또 덜어내고 채우는 그때만큼은 무엇으로도 대체 불가능한 나만의 힐링 순간이자 충전 시간이다. 서랍 속에는 오래된 편지도 있고, 유치한 글이 빼곡이 적힌 일기장도 있고, 파리 파사쥬 거리에서 산 50년도 넘은 우표와 엽서도 있고, 타이타닉 영화 관람권도 있고, 아빠의 한게임 아이디와 비번이 남겨져 있는 노트도 있다.

잠시 과거를 회상하면서 잃어버렸던 추억을 되살린다. 나는 끊어졌던 과거를 현재와 연결해 복원하는 일이 픽션이든 논픽션이든 미래의 자양분이 된다는 사실을 의심하지 않는다. 꽤 많은 경우, 현실 문제의 해결법이 과거에 있다. 과거를 자주, 깊이, 섬세하게 톺아볼수록 현실을 직면할 자신감이 커진다고 느꼈다면 이런 이유에서일 것이다. 서랍을 통해 과거를 뒤적이고 탐구하고 상상하는 일. 별것 아닌 그 일련의 행위가 나를 창의적인 생산자로 조금씩 성장시킨다.

서랍을 모아두는 곳으로 써야 할지, 비우는 곳으로 써야 할지 가끔은 헷갈리지만 그곳을 거쳐가는 것들을 퍼즐처럼 맞추고 잇고 쌓으면서 나의 과거와 현재를 구성해 온 것들을 확인하는 일이 흥미롭다. 소외된 채 관심을 받지 못했던 물건의 새로운 용도를 발견해 재탄생시키는 일도 즐겁다. 버리거나 나누는 과감한 작별을 통해 짓눌려왔던 것들을 털어내는 것도 나에게 도움이 된다. 그러고 나면 나는 훨씬 긍정적인 상태가 된다. 생산과 소비를 계산하거나 효율을 따지지 않고 그저 그 시간에 집중하게 되는 것이다. 오롯이 나의 작은 우주를 위하여. 상황을 통제하기는 어렵지만 상상을 통제하는 건 쉽다. 상상이야말로 무엇이든 내 마음대로 가능하기 때문이다.

아, 그리고 이건 페이스북 친구들에게만 알려주려고

했던 고급 정보인데, 딴짓의 효능을 극단적으로 높이는 방법은 바로 '마감'해야 하는 일을 만드는 것이다. '마감'을 앞둔 이에게 가장 즐거운 일은 단언컨대 '딴짓'이다. '마감'이 임박한 상태에서 즐기는 게으름이야말로 세상에서 가장 달콤하다. '서랍 정리'라는 단어 자리에 당신이 무용하게 몰두하는 딴짓을 대입한 뒤 '마감' 또는 '시험'이라는 상황과 만나게 해보시라. 도피라는 극적 상황이 만들어내는 아드레날린과 쾌락에서 벗어나고 싶지 않다는 절박함, 그리고 그것을 확장하고 싶다는 욕망이 시너지를 내면서 당신에게 반짝이는 아이디어를 선사할 것이다. 작가도 아닌 내가 이렇게 원고를 제출할 수 있었던 건 '마감'을 앞두고 '딴짓'을 했기 때문이다. 마감을 앞둔 딴짓이 우리를 행동하는 크리에이터로 만든다.

아이스크리에이티브 대표 **김은하**

내가 페이스북을 하는 이유

조각난 내 마음이나 모습을 글을 통해 이어 붙이고 치유하고 싶다는 욕구가 늘 있었다. 여러 매체에서 나의 모습이 왜곡되고 파편화되어 보여질수록 부끄럽고 아팠다. 한 명이라도 누군가가 내 글을 봐준다고 생각하니 책임감이 생기고 더불어 나를 돌아볼 수 있었다. 내가 주장하는 나의 모습이 아닌, 다른 사람의 피드백으로 비추어지는 나의 모습을 엿볼 수 있지 않을까, 꿈꾸고 기대했다. 시작은 15년 전 타국에 사는 친구와 소통을 하기 위해서였다. 지금은 페친들과 즐겁게 교유하는 낙으로 이용하고 있지만, 10년 가까이 꾸준히 페이스북에 머물 수 있었던 건 소박하고 진솔한 주변의 이야기가 있어서가 아닐까 생각한다.

가진 재능을 다 퍼주는 요리사, 온몸과 온마음으로 개를 돌보고 기르는 애견 카페 주인, 숨어 있는 좋은 책을 발굴하여 밤새 읽고 독후

감을 써 널리 알리는 데 수고를 마다하지 않는 서평가, 주옥같은 음악 선곡으로 하루를 멋지게 열어주는 페북 DJ, 계절에 무뎌질 세라 여기저기 자연 사진을 정성스레 올리는 사진작가, 인류애가 사라지지 않게 아이 사진을 꼬박꼬박 올려주는 엄마와 아빠. 그들에게 나도 즐거움을 주기 위해 재밌는 에피소드가 생기면 메모해 두었다가 게시하기도 하고, 마음을 일렁이게 하는 무언가를 만나게 되면 기록한 뒤 올리기도 한다. 혼자만 알고 싶은 것들이 점점 사라져 간다. 구분하는 것보다 어울리는 것을 향하게 된다. 힘 있고 단단한 글을 쓰기 위해, 그리고 그렇게 쓴 글에 책임을 지기 위해 노력한다. 다수에게 노출되는 SNS 글인 만큼 무해하면서도 건강한 즐거움을 나눌 수 있도록 자주 점검한다.

집과 회사, 만나는 친구들 사이만 오가는 우리에게 무한한 연결이 가능한 SNS라는 세계는 얼마나 가슴을 뛰게 하는 플랫폼인가! 하지만 링크 하나 삭제하고 차단 하나 설정하면 매섭게 관계가 끊어지는 곳 또한 SNS다. 부정하고

아이스크리에이티브 대표 **김은하**

싶겠지만 소외당하지 않기 위해 타자를 소외시키고, 연약함을 들키지 않기 위해 불안을 이용하려는 마음은 아주 가까이에서 우리를 유혹한다. 그래서인지 나는 여전히 페이스북 안의 세상이 조심스럽다. 이런 강력한 매력과 치명적 위험을 동시에 가지고 있는 디지털 플랫폼에서 진정한 관계를 맺는다는 건 인생 전체를 두고 고민해야 할 만큼 무게가 있는 일이다. 이 질문에 대한 답을 영원히 찾을 수 없을지도 모르겠다. 하지만 그럼에도 계속 묻고 답해야 하기에 나는 여전히 페이스북 친구들의 지혜와 촌철살인의 풍자, 해학이 필요하다. 그리고 그들에게 보답하기 위해 나 역시 스스로 배우고 경험한 것들을 기꺼이 내놓아야 할 것이다. 클릭 하나로 붕괴될지라도 무한히 뻗어 나갈 수 있다는 희망을 지닌 채.

그러니 나의 스타트업 쪼랩 CEO 분투기나 호구 고백담, 허접한 제주 풍경 사진, 의지박약 인증 글, 요리 실패기 같은 것들을 그저 기특하게 봐주길 바란다.

YES24(서점) MD

손민규

13년 차 서점 직원. 대학에서 인문학을 배웠고,
헤비메탈과 산과 책을 좋아한다.

한마디 소개 운 좋은 놈을 이길 수 없다, 이기려 하지 말자.

부산에서 나고 자랐다. 초등학교 때부터 책을 좋아했고
지금은 예스24에서 인문, 정치·사회, 역사, 종교 도서를 담
당하고 있다. 이렇게 본다면 덕업일치의 삶을 이뤘다고 볼
수 있겠으나, 책보다 더 좋아하는 게 여러 가지이기에 진정
한 덕업일치의 삶인지는 모르겠다. 전혀 새로운 종류의 취
미나 흥미를 남은 반생에 추가할 것 같진 않다. 지금 삶에 충
실하면서 그 기록을 부지런히 블로그, 페이스북, 인스타그
램에 쌓아가려 한다.

2

인터넷 서점
MD가
웃음 욕심을
내는 이유

작가면 집돌이냐고요?
등산 도장깨기 하는
중입니다

그리 우아하지는 않은 서점 일상

내가 일하는 곳은 인터넷 서점이다. 이곳에서만 12년
을 보냈다. 대한민국에 처음 인터넷 서점이 생긴 게
1999년이니 인터넷 서점 역사의 절반 정도를 현장에서 지
켜본 셈이다. 문화웹진 채널예스와 예스24 블로그 등을
거쳐 현재는 인문, 정치·사회, 역사, 종교 책을 담당하는
도서 MD—여타 회사와 마찬가지로 업무 변경이 수시로
있으니, 독자가 책을 읽고 있는 시점에는 다른 업무를 담

당하고 있을 수도 있다—로 일하고 있다.

다른 상품 카테고리의 MD와 마찬가지로 도서 MD라는 업의 본질은 '매출'이다. 분기별, 월별로 매출 목표가 주어지고 도서 MD는 주어진 매출 목표량을 달성하기 위해 다양한 활동을 벌인다. 재고 매입 및 관리, 메인 및 분야 페이지 편집, 메일 발송, 리커버 등의 단독 상품 개발, 사은품 이벤트를 비롯한 기획전 등이다. 한 문장 정도 분량의 짧은 글부터 원고지 20매 이상의 긴 서평까지, 도서라는 상품을 다루는 업의 특성상 글 쓸 일도 잦다.

도서 MD 역시 다른 직장인처럼 늘 듣는 소리가 있다.

"했던 것만 하지 말고, 안 했던 걸 새롭게 시도해봐야지."

지금은 인터넷 서점에서 일상화된 굿즈, 단독 리커버 같은 것들도 예전에는 모두 '안 했던' 프로모션이다. 앞으로 또 어떤 마케팅을 펼쳐야 할지에 대한 질문은 도서 MD에게도 늘 골 때리는 고민이다. 하지만 깊게 고민할 새가 없다. 도서 MD의 하루는 바쁘다. 코로나19 이전 일과를 짧게 요약하면 이렇다. 오전에는 물류 센터에 입고시킬 도서 종류 및 수량을 입력해 출판사에 주문한다. 보통 주말 지나고 난 월요일이 주문 종수 및 부수가 가장 많다. 분야에 따라 다르지만 하루에 수천 종, 1만 부 이상 주문이 들어오는 경우도 적지 않다. 주문서는 메일이나 팩스로 전송된다. 이를 확인한 출판사는 재고 부족 등의 이유로 주문 수량을 조정해야 할 때 MD와 협의한다. 협의는 메일 또는 전화로 이뤄진다. 도서 MD라고 하면 커피 한 잔 때리면서 책 읽는 모습을 떠올릴 법하지만, 사실은 우아하게 책 읽는 시간보다 전화하는 시간이 훨씬 많다.

워낙 종수가 많기에, 오전에는 주문 관련된 일만으로도 시간이 벅찰 때가 많다. 틈틈이 독자들의 문의 사항을 확인하고, 주요 신간 소식을 문자나 메일로 발송하고, 관리 페이지를 편집하며 이벤트를 기획하거나 열면 오전이 다 간다. 직장인이 하루 중에 가장 고대하는 점심시간은 너무나 빨리 스쳐 지나가고, 오후에 잠시 숨을 돌리면 금방 신간 미팅이 시작된다.

하루에 대한민국에서 얼마나 많은 신간이 나오는지는 세어본 적은 없으나, 내가 하루에 몇 곳의 출판사를 만났는지는 세어본 적이 있다. 최대로 많았을 때는 2시간의 미팅 시간(지금은 1시간 30분으로 단축되었다) 동안에 23곳의 출판사를 만났다. 여러 권의 책을 소개받을 때도 많으니,

이날 30권 이상의 책에 대해 미팅을 했을 것이다. 가장 자주 듣는 질문은 이렇다.

"이 책을 잘 알리기 위해서는 어떻게 해야 할까요?"

MD가 되고 나서 처음에는 이런 질문을 받을 때마다 어떤 모범 답안을 내놓아야 할지 몰라 식은땀이 흘렀다. 책의 출간 일자로 본 운명이라도 알려줄 요량으로 사주명리학을 공부해볼까 고민도 했더랬다. 다행히도, 미팅을 거듭할수록 질문하는 출판사도 나에게 완벽한 정답을 기대하는 건 아니라는 사실을 깨달았다. 그저 책의 성격에 따른 마케팅 전략, 최근 유행하는 주제, 비슷한 종류의 책이 어느 정도 팔렸는지 정도를 서로 공유하고, 함께 최선을 다해보자는 다짐으로 신간 미팅을 마무리하면 충분했다. 여기서 중요한 건 '서로 함께 최선'을 다한다는 것이다.

매체가 다양해진 지금, 도서 마케팅은 어느 한쪽만 움직여서는 충분하지 않다. 저자와 출판사와 서점 그리고 출판계를 둘러싼 다양한 매체가 합심해서 책을 알려야 한다. 신문과 방송의 힘이 줄긴 했어도 여전히 언론 홍보는 중요하다. 이제 뉴미디어라고 부르기에는 너무나 일상으로 들어와 버린 블로그, 페이스북, 인스타그램, 유튜브 등에도 책에 관한 이야기가 돌도록 노력해야 한다. 물론 개별 책을 홍보하는 건 출판사 마케터의 역할이지만 서점 MD 역시 다양한 채널에서 어떻게 책이 홍보되는지 파악해야 다른 경쟁 서점보다 앞서 '서로 함께 최선'을 다할 수 있다.

코로나19로 대면 미팅이 어려워진 지금, 기존의 대면 미팅은 전화나 메일로 대체되고 있다. 대면 미팅이 사라져서 조금 여유가 생기지 않았냐고 묻는 분도 계시지만, 대화로 나누면 간단히 끝날 일도 메일로 처리하다 보니 오히려 시간이 더 걸리기도 한다. 아무리 친한 사이라고 해도 메일에 'Ssap 가능'과 같이 간단하게 적어 보낼 수는 없는 노릇이다. 너무 상투적이지 않을 만한 인사말을 포함하여 적절한 표현을 찾다 보면 하루가 금방 가버린다. 이처럼 코로나19 시대에도 책을 알리기 위해 출판사와 서로 소통하는 시간은 여전히 도서 MD 업무의 상당 부분을 차지한다. 그리고 이런 소통은 페이스북을 비롯한 SNS상에서도 활발하게 이루어진다. 출판사 동향이나, 다른 서점의 이벤트 소식을 파악하는 데 페이스북이 꽤 유용하다.

서점에서 일하면서 가장 보람 있는 순간은, 내가 좋

아하는 책이 나만 좋아하는 데 그치지 않고 많은 독자들로부터 인기를 얻을 때다. 《어른이 되면 괜찮을 줄 알았다》, 《우린, 조금 지쳤다》와 같이 담당 MD도 좋아하고, 일반 독자도 리뷰라든지 SNS 등으로 책을 향해 관심을 보여줄 때 행복해진다.

생에 대한 고찰부터 조회 수 폭발 콘텐츠까지

요즘 세상에 SNS는 빼놓을 수 없는 마케팅 도구가 됐다. 나 역시 업무적으로도 SNS를 많이 활용하지만, SNS를 하는 건 꼭 업무 목적만은 아니다. 사실 왜 페이스북과 인스타그램, 블로그까지 이것저것 운영하는지는 나도 잘 모르겠다. 인정하긴 싫지만, 어쩌면 말 그대로 내가 '관종'이라서인지도 모른다.

돌이켜보면 나는 인터넷이 우리네 삶에 깊숙이 들어오기 시작한 뒤로 단 한순간도 SNS를 하지 않은 적이 없다. 학교 기반의 다모임과 아이러브스쿨부터 싸이월드, 네이버 블로그에 이어 미투데이, 트위터와 페이스북 그리고 인스타그램까지 꽤 여러 채널을 이용했다. 다모임을 열심히 운영했던 고등학교 1학년부터 치면 거의 20년을 쓴 셈이다. 참고로 다모임과 아이러브스쿨을 모를 MZ 세대를 위해 짧게 설명하자면, 이곳은 온라인 동창회 같은 공간이다. 출신 학교를 입력해서 그 학교 공간으로 들어가면 출신 학교의 동기들을 만날 수 있다. 지금은 사라진 서비스다. 가끔은 학교 기반 인맥 플랫폼이 다시 생긴다면 어떨까 상상해보는데, 개인정보에 대한 민감성이 예전보다 훨씬 높아진 현재로서는 쉽지 않을 것 같다는 생각도 든다.

　　10대 후반에서 20대 초반까지는 사춘기였다. 다모임이나 싸이월드에 썼던 글은 형이상학적이었고 염세주의에 찌들어 있었다. 쇼펜하우어, 니체, 불교 철학에 심취해 진리란 무엇이고 삶의 목적을 어디에 둬야 할지를 고민했다. 생이란 맹목적인 의지일 뿐이라는 쇼펜하우어의 글에 동의했고, 정신적 귀족주의를 예찬한 니체 산문을 필사했으며, 삶을 12연기로 설명한 불교 철학에 감탄했다. 다모임과 아이러브스쿨은 랜선 친구가 아니라 학교에서 실제로 만나던 친구들이 모이는 곳이었다. 이들은 내가 쓴 게시글에 '폼 잡고 있네' 정도의 댓글을 남겼다.

알던 친구들과는 진지한 이야기를 할 수 없다고 판단한 나는 세이클럽 등의 채팅방에서 '삶과 죽음에 관해 이야기하고 싶습니다'와 같은 제목으로 채팅방을 개설하고 기다렸다. 별로 소득은 없었다. 지금 그때 기억이 떠오르는데 12연기가 아니라 12이불킥이었다.

PC 통신 시대에서 인터넷 시대로 이행하며 포털 사이트 간 경쟁이 심해졌다. 거의 모든 포털 사이트가 블로그 서비스를 운영했다. 내가 블로그를 시작한 시기는, 네이버가 다른 포털 사이트를 누르고 최종 승리를 선언하려던 때로 기억한다. 자연스레 나 역시 다른 블로그가 아니라 네이버 블로그에 기록을 쌓기 시작했다. 주로 책 소개와 등산 후기, 헤비메탈 음반 소개 그리고 일상 이야기를 올렸다.

군 복무로 2년간 잠시 블로그가 멈췄을 때를 빼면, 무언가를 끊임없이 올렸다. 네이버 블로그를 운영한 목적은 기본적으로는 내 삶을 기록하는 것, 아카이브였다. 물론 블로그 이웃 수와 조회 수도 신경 썼다. 블로그 이웃 수가 늘어나고, 조회 수가 점점 올라가는 게 동기부여가 됐다. 그렇게 17년 넘게 블로그를 운영하면서 느낀 점은 두 가지였다.

첫째, 성실함이 최고다. 쉬면 안 된다. 군 복무만이 아니라, 중간에도 네이버 블로그를 잠시 쉰 적이 있었다. 가을이었던 것 같다. 특별한 이유는 없었지만 갑자기 현타가 세게 와서, 이 모든 게 무슨 의미가 있나 싶었다. 블로그 폐쇄까지 고민했을 때였다. 한 달 정도 게시글을 하나도 올리지 않았더니 방문자가 1/3 수준으로 확 줄었다. 이를 회복하기 위해서는 평소보다 더 열심히 뭔가를 써야 했다. 당연하다. 요즘 젊은이들이 서태지를 모르는 것처럼 아무리 인기 많은 연예인도 조금만 공백이 생기면 쉽사리 잊힌다. 꾸준함이 최고다.

둘째, 대중성이다. 사람들이 좋아하는 소재는 따로 있었다. 보통은 복잡하고 불편한 이야기를 좋아하지 않았다. 거기에 스크롤 압박이 있는 긴 글은 외면받기 딱 좋은 콘텐츠다. 블로그 운영 초기에 나는 형이상학, 불평등, 종교에 관심이 많아 관련 책을 즐겨 읽었다. 블로그에 그런 책에 관한 후기를 남기면 거의 반응이 없었다. (예외가 있긴 했다. 베네딕트 앤더슨이 쓴 《상상의 공동체》 — 이후 개정판으로 제목이 《상상된 공동체》로 바뀜 — 는 조회 수가 높았다. 아마 민족주의에 관한 고전이라, 대학생 서평 과제로 자주 선정되는 듯했다.) 감정적으로 불안정했던 자전적 기록에도 댓글은 달리지 않았다.

　　반면 아주 간혹 올리는 맛집 후기나 여행 정보는 조회수도 높았고 댓글도 많이 달렸다. 맛집이나 숙소 후기에는 다소 당황스러운 댓글이 달릴 때가 있는데, 해당 장소에 대한 욕을 하는 경우다. 업소 사장님에게 가야 할 악성 댓글이 블로그에 달릴 때면 '많이 실망하셨군요. 그래도 제가 갔을 때는 괜찮았는데…' 정도로 답변하곤 했다. 정말이기 때문이다. 만약, 내돈내산이 아니라 후원을 받고 올린 글이었다면 악플에 떳떳하게 답하기 어려웠을 테다. 그래서 나는 초반 한두 번을 빼고는 후기를 대가로 금전적이거나 물질적으로 지원받는 요청은 모두 거부했다. 아, 지원받고 싶은 상품이 있긴 하다. 바로 카메라….그런데 카메라 후기를 제대로 쓸 정도의 전문성은 없는지라 가능할 것 같진 않다.

웃기는 기획이 성공한다

성실함과 대중성. 이 두 가지는 페이스북과 인스타그램을 운영할 때 늘 염두에 두는 가치다. 한 시간에 한 편씩 글을 올리는 헤비 유저에 비해 나는 SNS에 글이나 사진을 자주 올리진 않는다. 1주일에 1회, 많아야 2회 정도 사진이나 글을 올린다. 다만 다른 사람들의 게시글은 성실하게 본다. 따봉을 누르고, 댓글도 남기려고 하는 편이다. 친구 맺기와 신청하기에도 적극적이다. 다시 강조하지만, 꾸준함이 최고다. 꾸준함을 유지하기란 쉽지 않다. 나 같은 경우는 플랫폼에 많은 사람이 몰리면서 일반 유저가 아니라 광고 계정이 많아지는 시기에 으레 고비가 오곤 했다. 다들 돈벌이로 플랫폼을 이용한다는 생각이 들기 시작하면 재미가 없어진다. 초기 블로그 이웃이나 페친과 소통이 소중했다. 그들이 떠난 자리에는 한눈에도 광고로 보이는 계정들이 이웃이나 페친 신청을 해왔다. 현타가 왔다. 이 고비를 넘길 수 있었던 이유는 동어반복이지만 '꾸준함'이었다. 꾸준하게 하다 보니, 떠난 친구의 빈자리에 새로운 친구가 들어와 있었다. SNS를 열심히 운영할 때는 헤어지는 인연보다 새롭게 알게 된 인연이 더 많아지기도 했다.

　　대중성이라는 가치에는 두 가지 측면이 있다. 소재와 형식이다. 앞서도 썼듯, 출판 유통계에 종사하는 입장에서 이런 말을 하기는 굉장히 민망하지만 사람들은 특정 책에는 별다른 흥미를 느끼지 않는다. '사람들이 갈수록 책을 읽지 않는다'는 뜻은 아니다. 나는 '사람들이 점점 책을 읽지 않는다'는 명제에 대해 동의하지도 부정하지도 않는 입장이다.

　　다만 특정 책에 관한 글에 조회 수가 낮고 댓글이 달리지 않는 것에 대해선 이렇게 생각한다. 책이라는 매체의 성격이 그러하다. 책은 다양하다. 종수가 많다. 책은 세상이기 때문이다. 드넓은 세상만큼 엄청나게 많은 책이 있다. 하루에도 수백 종의 신간이 쏟아진다. 그에 비해 여행이라는 소재를 살펴보자. 대한민국의 대표적인 여행지는 몇 곳 안된다. 제주나 부산, 속초 정도. 베스트셀러《돈의 역사는 되풀이된다》에 대한 글과 제주에 관한 글을 각각 올린다고 치자. 어디에 댓글과 따봉이 많이 달리겠나? 물론《돈의 역사는 되풀이된다》는 훌륭한 책이나, 이 책을 한 번 이상 읽은 독자보다는 제주에 한 번이라도 가 본 사람이 좀 더 많을 테다. 해당 주제에 관해 한마디라도 하고 싶어 하는 사람도 후자가 많을 것이다. 아무래도 대중적이고 폭발력 있는 소재는 여행이나 맛집, 카페, 여행 같은 쪽이다. 책은 아니다.

다음으로 형식. 간단히 말하자면, 잘 찍고 잘 써야 한다. 사진 품질이 떨어지고, 문장이 노잼이면 따봉이 덜 달린다. 요즘은 동영상까지 다룰 수 있다면 금상첨화일 것이다. 2011년부터 DSLR로 찍기 시작하여 내 계정에 올리는 사진은 꽤 호평을 받는 편이다. 채널예스에서 인터뷰하던 시절, 내가 찍은 인물 사진을 프로필 사진으로 쓴 저자도 몇 분 있었으니까. 요즘은 통 인물 사진을 찍을 기회가 없고 주로 여행지나 산에서 찍는 사진을 올리는데, 반응이 썩 괜찮다. 광각렌즈로 넓게 담거나 단렌즈로 심도 표현을 극단적으로 하면 대체로 따봉이 많이 달린다.

문장에 관한 나의 철학은 '웃기지 않은 문장은 어두운 세상을 밝히지 못한다.'는 것이다. 내가 SNS에 게시글을 자주 올리지 않는 것은 바로 이와 관련이 있다. 웃길 자신이 없다. 그래서 자주 올리지 않는다. 이는 나의 소설 취향도 관련 있는데, 나는 웃긴 문장을 쓸 수 있는 소설가를 사랑한다. 아무리 서사가 짜임새 있더라도 웃긴 문장이 작품에 없다면, 그 작가를 높게 평가하지 않는다. 그런 면에서 내가 존경해 마지않는 작가님이 최민석 선생님, 박상 선생님, 임성순 선생님—임성순 선생님의 작품은 대부분 진지하나,《문근영은 위험해》는 찐 병맛이다—이다. 이 선생님들의 작품을 읽다 보면 나의 글을 객관적으로 평가할 수 있다. 내 글은 재미가 없다. 페이스북에 뭔가를 올린다는 게 세상을 향한 모독처럼 느껴질 때가 많다. 썼다 지우다 썼다 지우다를 반복하다 결국 지워버리게 된다.

"아니, 손민규 씨. 그럼에도 일주일에 1회나 올린다니 대단한 거 아닙니까? 미소 잃은 현대인을 일주일에 한 번이라도 웃기는 게 가능하다면 자네가 있을 곳은 서점이 아니라 코미디 빅리그라고." 라고 따지신다면 드릴 말씀이 있다. 일주일에 1회 올리는 게시글 중에는 업무로 진행한 기획전이라든지 제작한 사은품, 기고한 서평이 포함된다. 대체로 이런 업무 관련 게시물은 웃기기가 힘들다. 따봉도 적게 달린다. 그러니까 한 달에 한 번도 못 웃기고 세월만 허비하는 경우가 많다고 할 수 있겠다.

아, 그래도 업무 관련 게시글로도 종종 웃길 때가 있었다. 2019년 연말에 경쟁 서점인 K문고에서 '통곡의 리스트'라는 기획전을 열었다. K문고 이익재 인문 MD가 좋은 책임에도 판매량이 따라 주지 않은 책을 선정해 '자책'

하는 콘셉트의 기획전이었다. 나는 거기에 '더 팔린 책, 더 알리고픈 책'이라는 기획전으로 응답했다. 우선 자필로 K문고 인문 MD에게 편지를 썼고, 이를 스캔해 이벤트 페이지에 게재했다. 손민규의 필체가 초등학교 저학년 수준이라 웃겼고, 자필 내용이 병맛이라 웃겼고, 이벤트와 함께 게재한 사진이 B급이라 웃겼다. 이벤트 종료 후, 여의도 공원 곳곳을 돌며 찍은 관종력 최상급 인증샷으로 조금 더 웃겨드렸다. 붓글씨로 쓴 종이를 들고 다니며 사진을 찍었는데, 초등학교 때 1년이라도 배운 서예가 이렇게 도움이 될지는 몰랐다. 볼펜으로 쓴 손 글씨와 붓글씨 간에 이토록 큰 괴리가 있다는 사실에 지인 몇이 놀라며 붓글씨 대필 의혹을 제기하기도 했다.

또 기억나는 에피소드는 '쓸모없지만 재밌는 기획전'을 진행할 때다. 총 5편을 진행했는데, 그중에서도 가장 반응이 좋았던 편이 '헷갈리는 출판사 특집'이다. 휴머니스트와 후마니타스, 오월의봄과 사월의책, 창비와 역비, 남해의봄날과 봄날의책, 시대의창과 미래의창 등 서점 MD도 가끔 헷갈리는 출판사를 묶어서 소개했다. 하필, 이벤트 페이지 글에 후마니타스와 휴머니스트를 헷갈려서 틀리게 적은 게 트위터로 퍼지면서 꽤 많은 사람들이 웃어줬다. 이런 소식을 페이스북에 소개했더니 따봉과 응원 댓글이 평소보다 많이 달렸다.

위 두 가지에 비해서는 반응이 폭발적이진 않았지만, 출판계에서 소소하게 웃어준 기획전으로 '이 책이 나를 (출판사도) 살렸다'가 있다. 독자의 세계관을 통째로 바꿨다는 뜻과 함께, 출판사를 재정적으로 살릴 만큼 매출을 낸 책을 대상으로 한 기획전이었다. 책 한 권이 출판사를 살릴 정도라면 그 대상은 작은 출판사에서 낸 스테디셀러여야 했다. 스테디셀러의 다른 말은 '구간'인데, 마침 신간에 비해 구간을 조명할 기회가 부족하다고 생각하던 찰나였다. 1편《왜 세계의 절반은 굶주리는가》(갈라파고스)부터《축의 시대》(교양인)까지 10권을 소개했다. 다양한 매체에서도 관심을 갖고 보도해줬다.

'더 팔린 책, 더 알리고픈 책', '쓸모없지만 재밌는 기획전', '이 책이 나를 (출판사도) 살렸다'를 계기로 따봉을 많이 받기 위해서는 성실함, 대중성과 함께 한 가지가 더 필요하다는 걸 깨달았다. 거창하게 말하자면 '연대'다. 해당 기획전이 좋은 반응을 얻었던 건, 서점 간 그리고 서점과 출판사 간의 연대와 동지 의식 덕분이었다. 채널예스에서 저자와 인터뷰를 했을 때도 그랬다. 인터뷰 반응—

노골적으로 표현하면 조회 수—이 좋았던 저자는 여러 유형이 있지만, 저자 자신이 적극적으로 자신의 인터뷰 기사를 알릴 때였다. 인정하든 인정하기 싫든 관종을 원하는 시대에 우리는 살고 있다. 이 책을 함께하는 여러 셀럽 저자분들의 활약을 기대해본다. 손민규의 인지도로는 도저히 이 책을 살릴 수 없을 테니까 말이다.

딴짓 포스팅에 뜻밖의 제안

페이스북에 업무와 관련한 소식을 쓰기도 하지만, 업무 외 일상에 관한 소식도 간간이 전하곤 한다. 특히 아이가 태어난 뒤에는 아주 가끔 육아 이야기를 올려봤다. 반응이 괜찮았다. 강아지와 고양이와 아이는 귀엽고 소중하다. 대중성을 확보할 수 있는 소재다. 문장이 형편없어도 귀여운 사진만 올려도 따봉이 많이 달렸다. 당시에 나와 배우자는 함께 육아 에세이를 써서 페이스북과 블로그에 게재했는데, 책으로 묶어 출간하려고 모 출판사와 미팅까지 했다. 물론, 우리 부부가 성실하게 원고를 쓰지 못해 출간이 성사되지는 않았다. 신생아를 키우면서 책으로 묶을 만한 분량의 글을 써내는 일은 내 능력으로는 도저히 불가능했다. 글을 쓰려면 육아를 포기해야 한다. 육아를 포기하면, 글을 쓸 소재가 없다. 육아 에세이를 쓰기 위해서는 이 딜레마를 해결해야 했다.

바쁘기도 바쁘지만, 육아 관련 게시물에는 귀여운 아이 사진이 생명인데, 우리 부부는 어느 날 돌연 이런 생각이 들었다.

"범죄에 악용되는 문제는 차치하고라도, 얘가 나중에 커서 자기 사진을 부모가 마음대로 올린 것에 대해 뭐라고 생각할까?"

자식으로부터 소송에 걸리긴 싫었다. 2021년 밴드 너바나 표지에 등장했던 아기가 밴드를 상대로 고소를 했다고 하니, 우리의 선견지명이 탁월했다고 본다. 여하튼 아이 사진은 SNS는 물론 카톡 프로필 사진으로도 올리지 않기로 했다. 따봉 수보다는 모부 자식 관계가 더 중요하니까. 물론 초상권도 중요하고 말이다. 대략 이런 이유로 아이 사진은 물론 배우자나 지인 사진도 어지간하면 올리지 않는 편이다. 하여 내 계정은 거의 풍경 사진이 중심인데, 주로 가는 곳이 경치 좋은 카페나 간혹 오르는 산이다.

그 와중에 내가 올린 산 관련 게시글을 유심히 보시던 출판사 편집자가 있었고, 운 좋게도 출간으로 이어졌다. 그렇게 출간된 것이 《밥보다 등산》이라는 책이다. 처음 담당 편집자가 책 출간을 제안했을 때, 그것도 소재가 등산이라고 했을 때, 나는 장난인 줄 알았다.

"아니, 편집자님. 요즘 인스타에 팔로워가 수만 명인 셀럽이 얼마나 많은데요. 제가 아는 분을 연결해드릴게요."

"책은 600매를 일단 써야 합니다."

담당 편집자가 어떤 의도로 저렇게 이야기를 했는지는 모르겠으나, 나는 이렇게 받아들였다. 인스타그램 팔로워 수만 명을 모으는 것과 산에 관해 600매 분량의 글을 쓰는 것은 다른 차원의 문제이고, 후자에 적합한 사람이 나라는 것. 심지어 책밥상 출판사의 '밥보다' 시리즈는 사진이나 그림 없이 글로만 구성하는 게 원칙이었다. 선뜻 쓰겠다고 답변하긴 했지만, 등산이라는 소재로 600매를 써야 하다니…. 일단 해보는 수밖에 없었다.

페이스북 내용을 그대로 쓸 순 없었다. 책으로 나올 내용이니까. 책 출간을 위해 새롭게 원고를 썼다. 퇴근해서 아이를 재우고 11시에 살금살금 거실로 나와 1~2시간씩 원고를 써 내려가길 6개월, 초고를 완성했다. 퇴고를 거쳐 책이 나온 뒤 출간 소식을 페이스북으로 전했다. 그 포스팅은 페이스북을 시작한 뒤 가장 많이 따봉을 받은 게시물이다. 페이스북 따봉 수가 실제 판매로 이어졌는지에 관해 묻는다면, 노코멘트. 출판 관계자라면 알겠지만, 페친 수나 유튜브 구독자 수와 책 판매 부수 간 관계는 도 아니면 모다. 잘 팔리거나, 안 팔리거나.

마지막으로 밝히는 나의 딴짓은 독서다. 서점에서 일하면서 독서가 딴짓이라니, 말 같지 않은 소리처럼 들리겠지만 진짜다. 이미 여러 도서 MD가 인터뷰나 칼럼으로 밝혔듯, 서점에서 일한다고 해서 독서 시간이 보장되지는 않는다. 다른 직장인처럼 서점에서의 일과는 주문, 거래처 통화, 이벤트 기획, 기안 작성 등 독서가 아닌 다른 활동으로 채워진다. 그렇다 보니 업무 시간에는 독서가 거의 불가능하다. 짬을 내서 해야 하는 딴짓인 셈이다. 다들 그러하듯 그때그때 읽고 싶은 주제나 저자를 선택해 즉흥적으로 고르는 편이다. 페이스북이나 인스타그램에서 지인이 올리는 책 후기도 요긴한 정보다.

본업으로 벌어서 딴짓에 쓴다

도시 공간에 관심이 있다. 근현대의 서울도 궁금하지만 이보다는 인구 20만 명 이하의 도시를 알고 싶다. 매년 연말, 연초에 계획을 세우는데, 그때마다 빠지지 않고 넣는 항목이 '도시 한 곳 이상 답사하기'다.

최근에는 춘천을 걸었다. 친구 준상이네가 있었던 기와집길이 재개발로 철거된다고 하여 하루 휴가를 내고 별다른 계획 없이 갔더랬다. 이미 사람들이 떠난 기와집길을 걷고, 그 옆에 있는 봉의산에 오른 뒤, 대학 친구를 만나 수다를 떨다 돌아오는 일정이었다. 걸으면서 여러 가지 복잡한 감정이 생겼다 사라지길 반복했다. 사라지는 것을 향한 애도, 오랜 친구를 타지에서 만난 반가움, 춘천 닭갈비의 중용을 지킨 단짠의 맛 등. 기회가 날 때마다 그때그때 가고 싶은 도시를 정해서 걷고 사진으로 남기고 글로 기록해보고 싶은 마음이 있다.

오르고 싶은 산이 많다. 평일에는 출근을 하고 주말에는 어린 두 아이와 함께 시간을 보내다 보면 막상 1년에 산에 오를 수 있는 시간이 많지는 않다. 특히 집에서 멀리 떨어진 산은 한 해에 많아야 서너 곳 정도 오를 수 있다.

'블랙야크 100대 명산' 인증이 유행하던데, 지금 속도로는 죽기 전까지 100대 명산은 다 못 오르고 죽을 터라 인증에 큰 욕심은 없다. 다만 즉흥적으로 오르고 싶은 산이 늘 생긴다. 몇 해 전부터 가고 싶던 덕유산 종주를 내년에는 꼭 해보고 싶다. 남해 해안선을 따라 우뚝 솟은 산들이나 울릉도 산도 오르고 싶다.

요즘 도심 산에 가보면 사람들이 정말 많다. 예전에는 중년의 취미로 여겨졌지만, 요즘은 젊은 사람들이 더 많은 느낌이다. 최근 관악산에 갔는데, 정상석 인증 사진을 찍으려고 수십 명이 길게 늘어선 줄을 보며 놀랐다. 대부분 젊은 사람이었다. 내 주변에는 산을 좋아하는 사람보다는 관심 없거나, 싫어하는 사람이 많다. 간혹 이런 질문을 받는다.

"아니, 어차피 내려올 건데 왜 올라가요?"

어차피 죽을 건데 왜 사세요, 하고 되물은 적도 있긴 한데 막상 상대방을 만족시킬 만한 답변을 내놓지는 못했던 듯하다. 어차피 너는 너, 나는 나. 우리는 각자의 삶을 살 뿐이라 산을 좋아하지 않는 사람이 내 말 한마디에 태도를 바꿀 것 같진 않다. 그럼에도 등산의 매력을 꼽아보자면, 《행복의 모양은 삼각형》 양주연 저자의 말에 동의한다.

'노력은 배신하지 않는다'라는 말을 정직하게 확인할 수 있는 영역은 운동뿐이었다.

《행복의 모양은 삼각형》, 30쪽.

산은 성취감을 단기간에 느끼게 해준다. 처음 갈 때는 힘들지만, 1주일 뒤에 가면 한결 몸이 가볍다. 물론, 산행 주기가 한 달 이상이 되면 그때마다 초기화되면서 시시포스처럼 반복되는 고통을 견뎌야겠지만. 중고나라에서 산 카메라를 시험하기에 좋은 무대도 바로 산이다. 산에는 산사, 야생화, 버섯, 다람쥐, 멧돼지, 고라니, 살모사 등 찍을 게 많다. 이러니 산에 안 가려야 안 갈 수가 없다.

도시 답사든, 산행이든 함께하고 싶다. 대학생 때 사람 사는 세상 답사회, 줄여서 '사세답'이라는 친목 모임에 가입한 적이 있다. 비록 서로 일정 맞추기가 쉽지 않아 실제로 답사에 나선 적은 많지 않으나, 함께 걸으며 듣고 보고 찍던 시절을 생각하면 기분이 좋아진다. 코로나19로 강화된 거리 두기 분위기가 끝난다면 이런 모임을 만들든지, 들어가보고 싶다.

결국은 돈 벌 수 있는 생산적 딴짓이 아니라, 돈 써야 하는 딴짓이다. 하여, 나에게 월급을 하사하는 회사에도 성실하게 출근하고 퇴근할 예정이다. '더 팔린 책, 더 알리고픈 책'이나 '쓸모없지만 재밌는 기획전'은 어떻게 보면, 딴짓에 가까운 이벤트였다. 이런 딴짓을 독자들이 좋아하는데, 계속해서 더 참신한 딴짓을 고민해야겠다. 다음에 어떤 쌈박한 이벤트를 열 계획이냐고 물으신다면, 역시나 노코멘트. 사실, 아직 뾰족한 생각이 안 떠오른다. 서점에서 진행하면 재밌을 만한 아이디어 주세요!

내가 여전히 페이스북을 사용하는 이유

자세히 기억나지 않지만 미국에서 페이스북이 압도적인 플랫폼으로 자리 잡을 때로 기억한다. 페이스북 관련 책이 한국에도 여러 권 나올 때였다. 한 저자 관련 행사에서 들은 말이 아직도 또렷하다.

"MS Office가 전 세계 업무 공용 소프트웨어이듯 페이스북은 관계 공용 표준이 될 거예요."

내가 페이스북을 본격적으로 시작했던 2010년대 초반에는 그러한 분위기가 있었다. 안 쓰면 큰일 날 것 같은 분위기. 마치 고등학교 때 인기를 끌었던 다모임 유행과 같아 보였다. 쓰지 않으면 친구들 사이에서 소외될 것 같았다.

페이스북을 시작할 당시에 나는 채널예스에서 일하고 있었다. 구독자 대상 메일링이라든지 뉴스캐스트 등 채널예스 기사를 외부에 알릴 수단이 여럿 있긴 했지만, 내가 취재한 기사를 더 알리고픈 욕망이 있었다. 특히나 애정 깊은 인터뷰는 다른 사람들에게도 공유하고 싶었다. 페이스북은 여기에 가장 적절한 플랫폼이었다.

물론 지금의 페이스북은 그 정도 분위기는 아니다. 그렇다고 딱히 페이스북을 대체할 플랫폼이 떠오르지도 않는다. 나는 여전히 네이버 블로그를 운영하고 있다. 유행에 뒤떨어졌다고는 하나 여전히 네이버 블로그는 영향력 센 플랫폼이다. 운영하면서 신규 유입되는 블로거도 많이 만난다. 페이스북도 마찬가지다. 많은 사람이 그러하겠지만 나 역시 페이스북을 통해 많은 사람을 알게 되었다. 늘어나는 페친 수를 보면 생각보다 괜찮게 인생을 살고 있다는 착각이 들 때가 많다. 10대도 페이스북 사용을 많이 한다는 이야기를 들었다. 아마 이유는 나와 다를 것이다. 그들은 메신저를 사용하기 위해서라고 하는데 어쨌든 유입 아닌가.

페이스북이 유행에 뒤떨어진 플랫폼이라고 생각하지 않는다. 여전히 콘텐츠의 확산 면에서 영향력 높은 플랫폼은 페이스북이라고 느긴다. 특히 출판 쪽은 저자, 편집자, 마케터들이 압도적으로 많이 쓴다. 인스타그램을 쓰는 사람도 많아졌으나 인스타그램은 여러 제약이 있다. 이미지 기반이고 글자 수 제한도 있다. 링크 넣기도 불편하고, 리그램도 따로 앱을 받아야 한다. 그에 비해 페이스북은 짧은 텍스트와 이미지를 다른 사람과 공유하기에 용이하며 그러므로 가장 효율적이다. 그런 이유로 나는 여전히 페이스북을 사용한다. 인스타그램도 쓰지만 주로 풍경 사진을 공유할 때만 사용한다. 반면 페이스북에는 예스24에서 도서를 알리기 위한 다양한 기획은 물론이고 오른 산, 돌아다닌 여행지, 개인적으로 흥미롭게 읽은 책을 공유한다. 반대로 페이스북은 지인들이 어떻게 사는지를 볼 수 있는 창구이기도 하다.

페이스북 운영 노하우가 있느냐고 묻는다면 그저 성실하게 '따봉'을 누를 뿐이다. 친구 신청하기와 받아들이기에 적극적이다. 어둡고 복잡한 이야기는 안 올린다. 아군과 적군이 명확하게 갈리는 주제—종교, 젠더, 정치적 지향과 같은—에 관해서는 언급하지 않는다. 갈등과 분쟁은 필요하지만 내가 운영하는 공간에서 다툼이 벌어지는 걸 원하진 않으니까.

〈손에 잡히는 경제〉
라디오 작가

장 주 연

경제와 자동차를 손에 꽉 잡은 라디오 작가.
딴짓을 즐기고, 로맨스를 꿈꾸고, 여행하듯
살아가는 감수성 충만한 관종.

한마디 소개 비경제적인 경제 전문 라디오 작가

26년 차 라디오 작가, 현재 MBC라디오 〈손에 잡히는 경제+〉, 〈권용주, 김나진의 차카차카〉에서 일하고 있다. KBS라디오 〈성공예감 김방희입니다〉, 〈경제투데이〉, 〈경제세미나〉, 〈김성완의 시사야〉, YTN라디오 〈생생경제〉, 경제팟캐스트 〈신과함께〉 등에서 일했다. 한국방송작가협회 정회원, 《나에게 더 좋은 사람이 되고 싶어서》, 《특목고 아이들의 10분 법칙》을 집필했다. 〈우먼센스〉, 〈레이디경향〉, 〈여성동아〉 등 각종 잡지사에서 자유기고가로도 활동하고 있다.

3

운명을 필연으로
만든 27년 차
경제 전문
라디오 작가

나만의 향기와 빛깔을 피우는 우물 밖 작업실

잘할 수 있는 일은 알아서 오지 않는다

꿈꾸던 오프닝은 이랬다.

"오래전 필름이죠. 〈접속〉이란 영화 보신 분들! 이 대사 기억하시나요? '만나야 할 사람은 언젠가 다시 만나게 된다.' 영화를 안 보셨어도 이 대사는 아마 들어보셨을 텐데요. 어느 계절이 되면, 어느 거리를 걸으면, 어떤 음식을 먹으면… 문득 떠오르는 사람이 있죠. 시간이 흘러도 '언젠가 꼭 한번 다시 만나고 싶다!' 그런 그리운 마음이 드는 사람, 누가 떠오르시나요? 그런데 정작 그리워하는 건 어쩌면 그 사람보다 그 사람을 만났을 때의 그 설렘, 즐거웠

〈손에 잡히는 경제〉 라디오 작가 **장주연**

던 내 감정이 아니었나 그런 생각이 들기도 해요. 살면서 그렇게 가슴 뛰게 즐겁고 기대되는 일들이 많지 않아서… 부질없이 그때 그 사람을 떠올리는지도 모르겠단 생각이 듭니다. 그래도 만나야 할 사람이라면 만나게 되겠죠. 이 곡을 들으면 그런 기대로 괜히 설레는 것 같아요. 영화 〈접속〉 OST 중 사라 본이 부르는 〈A Lover's Concetro〉 띄 워드립니다."

그러나 현실에서 흘러나오는 멘트는….

"코스피 지수가 3,000선이 붕괴되고 5개월 만에 최저 치를 기록했죠. 최근 반도체주를 중심으로 한 외국인들의 매도세도 심상찮은 상황인데요. 미국이 테이퍼링에 속도 를 낼 것이란 소식이 전해지면서 시장에 불안감이 더 확 대되는 모습입니다."

27년째 꼬박 라디오 스튜디오로 출근하고 있다. 그것 도 20년 가까이 늘 생방송 인생이다. 처음에는 드라마 작 가를 꿈꿨고, 이후에는 FM 음악방송 작가가 되고 싶었으 나, 어쩌다 보니 관심도, 상식도, 지식도 없이 시작한 경제 프로그램만 16년째 이어오고 있다. 한때 내가 생각했던 것과는 전혀 다르게 온통 숫자와 돈에 대한 이야기만 가 득한 감성 제로의 원고지만, 그래도 라디오 스튜디오에서 전파를 타고 흘러나가는 방송을 들노라면 '이 구역에선 내가 제일 잘나가!' 하고 자랑하고 싶을 만큼 새삼스럽게 신나고 황홀해질 때가 있다.

지금에 오기까지 나름대로 내 인생에서 다큐멘터리 몇 편은 찍었고, 소설로 쳐도 시리즈물이 나올 정도로 치열하게 살았다고 자부한다. '경알못'에서 어느덧 경제 전문 라디오 작가가 되어 있을 줄은 생각도 못했지만, 천천히 돌아보면 그 과정이 마치 〈해리가 샐리를 만났을 때〉보다 운명적이고 때론 하늘에서 내려준 천직인 것 같다는 생각도 든다. 이른 알람 소리와 함께 눈을 비비고 일어나 '뉴욕 마감'을 검색하는 나의 모습은 참으로 오랫동안 낯설었다. 잠시 거쳐가는 일일 뿐이리라는 예상과 달리 그것은 오랜 일상이 되었고, 지금까지도 온종일 경제 뉴스와 콘텐츠 속을 누비면서 지내고 있다.

경제 프로그램을 맡게 된 것은 KBS1 라디오 〈김방희 조수빈의 시사플러스〉 그리고 〈성공예감 김방희입니다〉부터가 시작이었다. 운 좋게 좋은 프로그램을 만나 이 방면으로 커리어를 꾸준히 쌓아 올릴 수 있었다.

일이라는 게 하고 싶은 것과 할 수 있는 것이 다르기 마련이다. 할 수 있는 일과 '잘'할 수 있는 일도 다르다. 그런 점에서 경제라는 분야는 내게 하고 싶은 일도, 할 수 있는 일도, 심지어 잘할 수 있는 일도 아니었지만 그럼에도 해볼 만한 가치가 있다고 생각했다. 쉽게 뛰어들 만한 분야가 아니라는 것이 오히려 나의 도전 욕구를 자극했다. 의외로 나는 남들이 별로 선호하지 않거나 어렵다고 생각하는 일에 흥미를 느끼는 변태 기질이 있는 것도 같다. 희소성이 있는 일일수록 경쟁력도, 성취감도 크다고 생각하기에 전혀 해보지 않았던 경제 분야에 기회가 생겼을 때 두려움보다는 내가 더 빛날 수 있는 일일 수 있겠다는 흥미로움을 느꼈다. 막상 뛰어들어 보니, 낯설었던 일이 내가 하고 싶은 일, 할 수 있는 일, 잘할 수 있는 일로 바뀌어가는 것을 느낄 수 있었다. 지금 나는 경제 프로그램 중에서도 자타공인 최고의 프로그램이라 인정받고 있는 MBC 라디오 이진우의 〈손에 잡히는 경제〉가 확대 편성되면서 〈손에 잡히는 경제 플러스〉를 전담하고 있다.

'ON AIR'에 불이 켜지고, 시그널 음악과 함께 "안녕하세요, 이진웁니다" 하는 진행자의 인사가 전파를 탈 때 청취자들처럼 심쿵한다. 10년 전이나 지금이나 이진우 기자의 목소리는 변함없이 낭랑하다. 그 목소리로 내가 써 내려간 원고를 청취자들에게 전해주는 걸 듣고 있는 기분이란 담당 작가만이 느낄 수 있는 특별한 감정이다.

〈손에 잡히는 경제〉는 경제에 관심 있는 사람이라면 누구나 듣는 방송, 직장인들에게는 출근길 파트너로 오랫동안 자리매김한 프로그램이다. 누군가에게 "〈손에 잡히는 경제〉 하고 있어요."라고 소개하면, "출근할 때 매일 듣고 있어요.", "다 듣고 출근하면 지각하는 날이죠.", "매일 팟캐스트로 찾아 듣고 있어요.", "제일 좋아하는 라디오 프로그램이에요." 하는 인사들로 많은 분들이 환영해 주신다. 청취자들에게 이렇게 큰 사랑을 받는 프로그램을 담당하고 있다는 건 작가로서 큰 행운이자 보람이고 감사함이다. 라디오에서 간판 경제 프로그램을 다 거쳐 본 나는 〈손에 잡히는 경제〉가 마지막 목표이자 종착역과 같은 프로그램이다. 이제는 이 분야에서 더 이상 욕심낼 것도, 아쉬울 것도 없다는 마음이랄까.

지난가을 개편부터는 3년 전에 신규 론칭했던 MBC 라디오〈권용주, 김나진의 차카차카〉에도 복귀하여 〈손경제〉와 병행 중이다. 두 진행자가 주거니 받거니 하는 〈차카차카〉는 〈손경제〉와는 또 다른 매력이 있다. 자동차만을 다루는 흔치 않은 콘텐츠인 데다가, 개그맨보다 웃기는 권용주 교수와 외모만큼이나 따뜻한 훈남 김나진

아나운서의 환상적인 케미가 잘 어우러지면서 프로그램이 성공적으로 안착했다. 처음 프로그램을 기획한 박정욱 피디와 나까지 초기 멤버가 다시 모이면서 당시 미련이 남고 아쉬웠던 것들을 다시 해볼 수 있는 기회가 되었다. 원고 쓰는 방식이나 팀의 분위기가 달라서 딴짓할 때 더 재밌는 것처럼 그런 즐거움이 생긴다.

인생에서 일이 가장 중요하다고 생각하는 나에게는 이렇듯 하고 싶은 일을 다 하는 지금이 가장 부유한 시기인 것 같다. 좋은 집, 멋진 차, 화려해 보이는 타인의 삶도 전혀 부럽지 않다. 내가 고생해서 이룬 일과 커리어가 다른 아쉬움과 결핍을 모두 채워주고도 남는다. 나의 일이 없었다면 아마 지금 와서 그걸 다 갖는다 해도 어딘가 공허하지 않았을까?

경제 공교육 프로그램 같은 〈손에 잡히는 경제〉

세상은 점점 풍요로워지는 것 같지만, 상대적 박탈감이나 양극화 문제는 오히려 극에 달하고 있다. 가난한 사람들은 꿈조차 꾸기 힘든 현실에서 우리가 어떤 삶을 살아가야 할지, 어디서 보람과 즐거움을 느껴야 할지 고민하다 보면 모든 게 암담하게 느껴지기도 한다. 특히 경제 문맹아라 해도 과언이 아닌 이들이 자신의 현실에 닥친 일에 문제의식조차 느끼지 못하고 살아가는 것을 보면 안타깝고 속상하다.

나 역시 금리, 환율, 주가 지표를 보면서 그것이 나와 상관없는 문제처럼 막연하게 넘겨버리던 시절이 있었다. 옛날 옛적에 가입해둔 금융 상품과 보험에는 문제가 없는지, 미국의 옥수수 작황이 안 좋으면 어떤 일이 생기는지, 석유수출국기구 OPEC이 감산 합의를 안 하면 당장 내 차 기름값이 어떻게 달라지는지, 물론 이런 걸 생각하지 않았을 때도 사는 데 큰 문제는 없었다. 하지만 일단 보는 눈이 생기고 나니 지금까지 이렇게 무지하게 세상을 살았나 싶었다. 아등바등 살면서 뒤로는 손해나 잔뜩 보고 있고, 나도 모르게 바보 취급을 당하면서 허술하게 살고 있었나 싶어 화나는 일도 한두 가지가 아니었다. 하지만 무지했던 내 탓이 가장 크니 어디다 대고 화를 낼 수도 없는 노릇이었다.

경제 프로그램을 담당하면서 예전의 나와 비슷한 '경

알못'들을 만나기도 하고 안타까운 사연들도 직간접적으로 무수히 접하곤 한다. 정보에 취약해서 정부에서 주는 지원금이나 혜택을 놓치는 사람, 급전이 필요하다고 청약 통장을 파는 사람, 고금리 대출의 악순환에 놓인 사람, 빚 때문에 잔뜩 손해 본 주식을 급히 파는 사람, 보이스 피싱에 너무 쉽게 속는 사람, 남들 따라 수익률만 좇다가 유사 수신행위, 불완전거래 등에 사기당하고 쪽박 차는 사람…. 여러 가지 사정이나 상황으로 금전적인 손실을 보면서 살아가는 사람들을 접하다 보면 어릴 때부터 학교나 가정에서 경제 교육이 제대로 이루어지지 않은 탓이 가장 크다는 생각이 든다.

그래서 일부러 경제 프로그램을 찾아 듣고, 책을 사서 공부하고, 손해를 보더라도 투자 경험을 쌓는 사람들을 보면 응원해주고 싶다. 현대사회를 살아가면서 돈에서 자유로운 사람이 누가 있을까. 직장 생활과 비즈니스를 하다 보면 자연스럽게 필요한 공부는 하게 되겠지만, 막상 절실하게 그런 정보가 필요한 사람들은 아예 필요성조차 느끼지 못하는 경우가 많다. 공부를 시작한다 해도 어려운 경제 용어가 쏟아져 나오는 걸 보면 이게 일반 사람들의 삶과 무슨 상관이 있을까 싶어 포기하게 되는 경우

운명을 필연으로 만든 27년 차 경제 전문 라디오 작가

도 적지 않다.

그래서 어느 날은 모 경제 전문가께 나도 하소연을 한 적이 있다.

"대체 쉬운 말 놔두고 경제 용어는 왜 이렇게 어렵고 헷갈리게 쓰는 거예요? 영어는 또 왜 이렇게 많이 쓰는지 모르겠어요."

그때 그분의 답변이 꽤 인상적이었다.

"최대한 어렵고 복잡하게 설계해야 보통 사람들이 감히 접근할 생각을 못하지 않겠어요? 그래야 사회의 특권층, 자본가들이 더 쉽게 부를 쌓아 일반인들을 지배할 수 있는 거죠."

최근에 읽은 아주 교과서적인 금리 환율에 대한 책을 읽으면서 '이런 내용이야말로 중·고등학교 때 배웠어야 하는 것 아닌가?' 하고 생각한 적이 있다. '어쩌면 경제라는 공부는 공교육에서 모두에게 평등하게 교육시킬 목표가 없었구나'라는 생각이 들었다. 자본가들, 주류들끼리 부를 독점하기 위해 최대한 접근하기 어렵도록 만든 게 경제라는 학문이자 투자 상품들이고, 실제 보통 사람들은 각자의 경제 활동 속에서 필요한 것 외엔 따로 공부해볼 마음을 잘 먹지 않는 게 경제 분야다. 나도 별 문제의식 없이 어떻게 하면 돈을 더 벌까 하는 생각만 하고 살았다. 경제적 고민이 커지는데도 경제에 대해 잘 모르고 산다는 생각조차 못하고 살았다. 그런데 경제 프로그램을 하면서 몰라서 고민조차 못했던 무지함을 깨닫게 되었다. 또 우물 안 세상을 벗어나 지구 반대편에서 생기는 일이 내 삶에도 영향을 미칠 수 있는 일임을 깨닫게 되었다. 무엇보다 최소한의 인간적인 존엄과 권리를 지키고, 내 가족과 사랑하는 이들을 지키기 위해서라도 경제 공부는 반드시 해야겠다고 다짐하게 되었다. 주변 사람들에게도 경제 공부하라는 말을 하고 있다.

그렇다면 경제 공부를 도대체 어떻게 해야 하느냐고 주변에서 묻는 경우도 많은데, 그럴 때마다 다소 쑥스럽지만 〈손경제〉를 꾸준히 들으라고 말해준다. 실제로 남녀노소 불문하고 다양한 계층의 사람들이 우리 방송을 통해 경제 공부를 한다. 특히 취업 준비생들이 스터디 그룹을 짜서 우리 프로그램으로 경제 공부를 한다. 종종 그런 청취자들을 만나 취업에 성공한 이야기, 투자나 사업에 도움을 받았던 이야기, 또 삶에 변화가 생긴 이야기를 들을 때면 무거운 책임감을 느낄 수밖에 없다.

그래도 내가 자신 있게 〈손경제〉를 추천할 수 있는

운명을 필연으로 만든 27년 차 경제 전문 라디오 작가

건 〈손에 잡히는 경제〉야말로 공교육이 평등하게 못 시켜준 경제 공부를 시켜주는 프로그램이라고 자부하기 때문이다. 또 오랫동안 이 프로그램을 이끌어가고 있는 이진우 한 사람의 브랜드 때문이다. 그는 온 국민의 경제 교사 역할을 해내고 있다고 해도 과언이 아닐 정도로 천재적인 비유와 친절함으로 무장하고, 딱딱할 수 있는 경제 프로그램에 새로운 시각과 재미를 보여주는 독보적인 인물이다. 오래 듣고 말하다 보면 저절로 외국어에 눈과 귀가 트이는 것처럼, 방송을 꾸준히 듣다 보면 점차 경제를 읽어내는 안목과 지혜가 생기는 걸 경험할 수 있다. 그걸 누구보다 쉽고 효과적으로 전달하는 진행자와 공부하는 자세로 듣는 청취자들, 제작진도 청취자도 함께 성장하는 게 〈손에 잡히는 경제〉 프로그램이다.

한우물 파기와 딴짓의 기로에서

라디오 작가의 일상은 하루하루가 꽤 단조롭고 루틴하다. 하루 종일 뉴스 속에 파묻혀 살며 아이템을 찾고, 연

〈손에 잡히는 경제〉 라디오 작가 **장주연**

86

사를 발굴하고, 매일 마감할 원고를 쓴다. 새로운 아이템과 좋은 연사의 발굴은 작가에게 주어진 가장 큰 숙제다. 더구나 요즘은 팟캐스트, 유튜브 등 찾아 듣는 방송이 많아지면서 콘텐츠 경쟁도 치열해져 출연자를 섭외하는 일도 점점 어려워졌다.

다뤄보고 싶은 주제는 많아도 적절한 게스트를 찾지 못하면 난관에 부딪히게 된다. 기껏 최적임자를 찾더라도 방송을 하지 않거나, 언변이 좋지 않다거나, 심지어 사투리가 심하거나, 혀가 짧아 섭외가 어려울 때도 있다. 결국 좋은 기획을 세우고 그에 맞는 연사를 찾겠다는 욕심을 부리기보다, 좋은 연사를 통해 새로운 아이템을 발굴해내는 것이 더 현실적인 선택일 때가 많다. 그렇게 나름의 노하우가 쌓이면서 어느덧 "장 작가님이 부르니까 나갈게요.", "이진우 기자가 진행하니까 믿고 나가야죠." 하고 말씀해주시는 연사들과의 오랜 신뢰를 바탕으로 지금까지 일을 해오고 있다. 결국 나의 경쟁력은 사람이 된 셈이다.

무식하면 용감하고, 자뻑엔 약도 없어서 혼자 힘으로 달려온 시간도 분명 있었다. 그 에너지가 이끌어내는 추진력도 분명 어마어마했다. 하지만 그러한 힘은 함께 달려주고 연료를 채워주는 고마운 사람들과의 만남이 있었기에 가능했다. 내세울 만한 부나 권력은 없지만, 일에서만큼은 나도 최고의 우량주, 똘똘한 한 채를 가진 기분이 든다.

생방송을 오래하다 보니 이런저런 예측불허의 사건사고도 허다하게 겪는다. 언젠가는 공개적으로 SNS에 모 연예인의 방송 펑크를 비판하는 글을 썼다가 큰 논란이 생긴 적이 있다. 내가 하는 프로그램에 전화 인터뷰를 하기로 했는데, 방송 시작 전부터 이미 몇 차례나 확인된 상태였는데도 정작 인터뷰가 임박한 시간부터 연락이 되지 않더니 펑크를 내버린 것이다. 예정된 인터뷰 시간도 길었을 뿐 아니라 이미 오프닝에 예고도 나가버린 상황이라 최악의 방송 사고로 기억된다. 이렇듯 잊을 만하면 터지는 방송 펑크는 아직도 적응이 되지 않는다.

예측불허의 자연재해, 대형 참소 소식도 참 어려운 순간이다. KBS는 재난 주관 방송사라는 특성상 언제 어떻게 정규 방송이 재난 방송으로 전환될지 알 수 없다. 특히 장마철은 늘 긴장 상태다. 몇 년 전 강원도에서 큰 화재 사고가 발생했을 때는 2시간짜리 방송이 갑자기 4시간으로 늘어나고, 이미 준비된 생방송 대신 화재 현장의 영상을 송출하고 전문가를 부르라는 지침이 떨어졌다. 늦은 밤 생방송을 하면서 화재 현장 영상을 준비하고 전문가들을 수소문해 인터뷰까지 성사시켜야 하다 보니 당시엔 거의 초죽음 상태였다. 그렇게 피가 마르고 진땀이 나는 일들이 무수히 지나갔다. 돌이켜 보면 모두 크나큰 경험이 되었지만, 가끔 몸이 피로한 날이면 그런 순간이 악몽처럼 떠오르기도 한다. 아마 나뿐만 아니라 생방송을 오래한 사람들이라면 공통적으로 겪는 증상일 것이다.

매일 그날의 방송을 준비하고 마감을 하면서 살다 보니 늘 단거리 뛰기를 하는 것 같다. 매일 생방송을 한다고 해서 당장 내일 일만 신경 쓸 수 있는 것도 아니다. 오늘 섭외해서 내일 출연자를 불러낼 수는 없다 보니 며칠씩 당겨서 해야 하는 일도 있고, 특별한 날이나 휴일 등을 미리 준비해야 하는 경우도 있다. 그러다 보니 그날그날 해야 할 일의 양이 달라서 어느 날은 여유 있게 일을 끝내고는 한낮에 극장에 가거나 책도 읽고, 사람들을 만나 한가한 시간을 보내기도 한다. 바쁠 때는 공장에서 제품 찍어 내듯 밤을 새어 가면서 원고를 털어낸다.

그래서인지 한편으론 한없이 자유롭다가도 한편으론 한없이 일에 파묻혀 있는 기분이다. 한없이 재미있다가도, 한없이 글 감옥에 갇힌 듯 숨이 막히는 날도 있다. 그래도 이 모든 하루하루의 종착역은 희열이다. 일을 통해 엄청난 성취감과 희열을 느낄 수 있다는 건 행운이라고 생각한다. 일을 하는 동안의 고통과 고민이 클수록, 희열과 성취감도 올라간다.

특히 마감 직전이면 피가 끓으며 내 자신이 뜨겁게 느껴진다. 결승선을 향해 막판 속도를 올리는 마라토너처럼 최단 시간에 최고의 일을 해낼 때의 기분은 늘 상쾌하다. 하지만 사실 나는 장거리에 더 능하다. 단거리를 잘 해내기 위해서는 평소 장거리 달리기 훈련이 전제되어야 하는 것이다. 지금 내가 서 있는 곳도 결국 장거리 달리기를 오래 연습해 온 결과다. 오랜 시간 남들이 별로 선호하지 않거나 혹은 기회가 잘 주어지지 않는 경제라는 분야에 전념하다 보니, 어느새 경제 전문 라디오 작가로 전문성이 부여된 셈이다.

요즘 내 고민은 이렇게 쌓아온 전문성에 따라 계속 달려가야 할지, 호기심과 도전 욕구가 생기는 딴짓의 비중을 늘릴 것인지다. 한 우물 파기가 강요되던 과거와 달리 지금은 만능, 멀티플레이어를 원하는 세상이 됐고, 특히 경제 프로그램을 하다 보니 비즈니스와 딴짓이 오히려 도움되는 측면도 생긴다. 그래서 다양한 일들을 도전해보고 경험해보는 것에 가치를 두고 싶지만, 자칫 균형이 깨질까 하는 게 걱정이다.

가장 중요한 것은 균형감각이라고 생각한다. 하나를 잘하기도 어려운데, 욕심만 낼 수는 없다. 그렇다고 하나에만 머물러 있으면 경쟁력이 떨어지고 매너리즘은 수시로 찾아든다. 조금은 욕심내고, 조금은 무리수를 두면서 어떻게 균형감각을 잃지 않고 살까 하는 게 과제가 될 듯하다.

스튜디오 부스에 머무는 동안은 참 낭만적이다. 이렇게 매혹적인 공간이 드물다. 전파를 타고 전해지는 DJ의 음성. 영화 같은 일들이 스쳐 가는 공간 속에서 더 큰 꿈을 꿔본다. 아직은 비밀이지만, 늘 그렇게 목표했던 것들을 한 계단 한 계단 밟으며 이뤄왔듯이 언젠가 이룰 수 있으리란 희망을 가져보면서 난 여전히 성장 중인 작가일 뿐이다. 마치 우리 경제가 양적 성장에서 질적 성장으로 가야 하듯이, 나도 양적 성장에서 밀도 높은 질적 성장으로 나아가길 희망한다.

관종이 뭐 어때서

방송가엔 늘 가십거리들이 떠돈다. 연예인, 유명인들이 쉴 새 없이 사람들의 입방아에 오르내리고, 실제로 그들을 만나 일하는 사람들도 많다 보니 때론 평판이나 이면의 이야기들이 거기에 보태지기도 한다. 이야기가 흘러가다 보면 확인되지 않은 사실들이 점점 더 구체화되어, 전혀 다른 이야기가 되는 경우도 적지 않다.

작가 생활을 시작한 지 3년 차쯤 됐을 때, 한국방송작가협회 정회원이 되어 OT에 갔다가 한 선배에게 들은 말이 아직도 잊히지 않는다. 삼삼오오 모여서 남을 험담하는 자리에는 아예 가지도 말라는 것이었다. 생각해 보면 나도 평소에는 그 점을 경계하려고 늘 애쓰면서도, 연예계에 관련된 이슈가 오르내릴 때에는 잘 알지도 못하면서 "그럴 줄 알았어." 하고 쉽게 맞장구를 쳐버렸던 것 같다.

그런데 살아보니 인생이라는 게 내 마음대로 되는 게 아니었다. 누군가에게는 꽤 성공적이고 잘나가는 것처럼 보이는 내 삶도 사실 시행착오를 겪을 때가 많았다. 그러다 보니 남의 인생에 대해 함부로 말하거나 평가하는 것이 얼마나 무서운 일인지 누구보다 절실히 느끼게 됐다. 남들의 시선과 평가를 신경 쓰느라 자기 인생은 주체적으로 살지 못하면서, 정작 남들에게는 질투와 비난을 가하는 사람들이 많다. 말 한마디가 얼마나 큰 폭력이 될 수 있는지와 관련한 안타까운 결과를 반복적으로 접하게 된다.

대중의 인기를 먹고사는 연예인, 공인의 삶 역시 존중받아야 한다. 매번 논란에 휘말리던 어느 연예인의 자살 소식을 들었을 때, 수많은 사람들과 마찬가지로 나 역시 큰 충격을 받았다. 한 인간을 범죄자 취급하며 비난 일색이던 사람들 틈에 있다 보면 정신적으로 건강한 사람도 고통스러울 수밖에 없지 않을까. 관심을 먹고사는 연예인이라고 근거 없는 비난의 대상이 되어도 되는 것은 아니다. 끼와 자유로움을 맘껏 펼쳐야 하는 직업임에도 불구하고, 그들의 향한 대중의 시선은 엄격하기만 하다. 개인에게 문제가 있더라도 유독 튀거나 남들과 다른 이들을 잘 인정하지 않으려는 한국 사회의 성향이 더 문제다.

그런데 개개인의 SNS 활용이 활발해지면서, 일반인들도 연예인들 못지않게 셀피를 즐기거나 사생활을 노출하는 일이 많아졌다. 그러자 그들을 못마땅해 하며 비난하는 말도 탄생했다.

"너 관종이니?"

나는 그들에게 다시 묻고 싶다. 관종이면 뭐 어때서?

내 손으로 향과 빛을 만드는 일

이런저런 딴짓을 시작하면서 나도 이 대열에 끼어들게 됐다. 방송 일을 하면서 충분히 만족스러웠는데도 어딘지 모르게 갈증이 나고, 어느 때는 왠지 모를 위기감에 마음이 덜컥할 때가 있다. 한 분야에서 27년 차나 됐다는 건 내 입지가 단단해졌다는 의미기도 하지만, 한편으론 언제 내리막을 걸을지 알 수 없다는 뜻이기도 하다. 라디오 작가라는 직업은 다른 직업군에 비해 정년이 따로 없어 연륜이나 경륜이 쌓일수록 빛을 발한다. 하지만 거대 방송사들도 위기에 놓일 만큼 미디어 환경이 급변한 시대에 일하는 우리는 언제 어떤 미래에 직면할지 알 수 없다. 지금까지와는 다른 방식으로 경쟁력을 쌓고 대응해야 할 필요가 커졌다.

작가 생활을 하면서 끊임없이 생각했던 질문이 있

었다. 글을 쓰는 일 외에 내가 할 수 있는 일은 또 뭐가 있을까? 내 일에 만족하고 평생 이 일을 하고 싶다는 절실함도 있지만, 플랜B 같은 것도 필요하다는 생각이 들었다. 미디어 환경의 변화에 맞춰 인터넷 플랫폼 방송이나 유튜브, 팟캐스트 쪽으로 이동하는 일도 잦아졌고, 혹은 직접 방송을 진행하거나 제작하는 작가들도 생겨났다.

다양한 콘텐츠를 기획하고, 비즈니스를 병행하는 등의 다재다능함이 작가들의 무기였지만 이제는 그 모든 게 사람들의 관심을 받아야만 가능한 일이 되었다. '구독', '좋아요'가 어느 날 갑자기 요청한다고 되는 일이 아닌 것이다. 관심을 받아야 할 수 있는 일인 만큼, '관종'이 될 용기가 있어야 원하는 바를 펼칠 수 있는 세상이 되었다.

나는 조금 엉뚱하게도 어느 순간부턴가 소이캔들에 마음이 쏠리기 시작했다. TV 프로그램을 통해 천연재료로 소이캔들이나 디퓨저, 비누, 치약 등을 만드는 과정을 보게 됐는데 처음으로 글 쓰는 일 바깥에서 내 가슴을 두근거리게 하는 일을 만난 것 같았다. 그 길로 서점에 달려가 관련된 책을 구입하고, 재료상을 뒤져 기본 재료를 사들였다. 캔들을 만드는 과정은 의외로 간단하다. 왁스를 끓이고 오일을 섞은 뒤 심지를 박은 용기에 부어주기만

하면 끝. 4시간 정도 건조시키면 캔들이 만들어졌다. 이렇게 쉽게 완성된 물건이 눈부신 빛과 향을 뿜어내는 게 무척 신기하고 황홀했다. 시공을 물들이는 듯한 은은한 아로마 향기와 따뜻함에 저절로 힐링이 되고 매료되어 버렸다. 만드는 즐거움에 푹 빠져서 한동안 주변에 선물하기도 했는데, 어느새 판매까지 권유받게 됐다.

그런데 캔들을 제작해 시중에 판매를 한다는 건 개인적으로 사용하는 것과 차원이 다른 일이었다. 제품의 완성도를 높이는 일이 생각보다 간단치 않았다. 캔들이라는 게 온도와 습도에 무척 민감하고 사용한 왁스나 오일에 따라 완성된 모양도 제각각 다르다. 심지 하나만 잘못 써도 캔들이 가장자리까지 잘 녹지 않거나, 불꽃이 쉽게 꺼지는 등의 문제가 발생한다. 결국 전문적으로 캔들 교육과정을 밟아 자격증을 취득하고, 수많은 시행착오를 거듭한 끝에 제품의 완성도를 높였다. '화학물질의 등록 및 평가 등에 관한 법률'이라는 정부 규제에 맞춰 제품 안전 인증도 받고, 쇼핑몰도 만들어 운영했다. 이때부터 SNS 활동도 활발해지기 시작했다. 제품뿐만 아니라 예쁘고 향기로운 것을 직접 만들어내는 제작자로서의 나를 노출하는 것이 소비자들에게 보다 신뢰를 줄 수 있다는 한 창업 전문가의 조언도 도움이 됐다.

어떻게 보면 '부캐'의 시대를 조금 일찍 열게 된 셈이다. 본업에서 가장 성취감을 느끼지만, 동시에 부캐를 통해 삶의 풍요로움을 즐기게 됐다. 만능 엔터테인먼트가 요구되는 세상에서 글 쓰는 일 외에 모르고 살았던 나의 잠재력을 하나둘 더 캐보고 싶어졌다.

풍요로운 작가 생활, 딴짓도 결국 글쓰기

본업과 관련해 SNS에 글을 쓰는 것은 일의 연장처럼 느껴졌다. 반면 전혀 새로운 일과 일상으로 SNS에 나를 노출하는 건 또 다른 나를 만나는 일 같았다. 새로운 관계 맺음과 새로운 일에 대한 기대도 슬쩍 품어보게 됐다. 많은 일이 알고 보면 딴짓에서 시작되지 않던가. 세기의 발명품이나 문화, 예술 그 모든 것들이 알고 보면 순수하고 낭만적이며 열정적이고 도전적인 과학자, 예술가의 딴짓에서 탄생했다. 때론 늘 가던 길에서 샛길을 발견하게 된다. 그리고 과감히 그 길을 걸을 때 새로운 경험과 변화를 만들어 낼 수 있다. 가보지 않으면 아무 일도 일어나지 않기에 딴짓은 밑져야 본전인데 꽤 투자 가치가 높다.

SNS에 나를 표현하고 기록하는 것이 처음엔 어색하고 쑥스럽기만 했다. 작가로 살면서는 굳이 나 자신을 노출할 일도 없었고, 그럴 필요성도 느끼지 못한 채 살았으니까. 그런데 몇 년 전에 겪었던 불합리한 사건을 계기로 때론 내 목소리를 적극적으로 낼 필요가 있다는 걸 깨닫기 시작했다. 당해주면 당연한 듯 여기고, 그것이 마치 권리인 듯 누리는 한심한 사람들에게 정면돌파와 돌직구로 문제의식을 심어줄 필요도 있었다. 실제 그렇게 했을 때 쏟아졌던 일면식도 없는 SNS 친구들의 응원과 격려가 생각을 완전히 바꿔놓았다. 좀 더 내 목소리를 내고 소신껏 내 스타일대로 살 필요가 있다는 확신이 들었다. 나름 큰 위기였지만 전화위복이 됐다. 그제야 마음에 안정이 찾아들었다. 처음으로 일을 잠시 쉬게 되었고 그 틈에 그동안 시간이 없어 하지 못했던 온갖 딴짓들을 한풀이하듯 일제히 시작했다. SNS에서 그런 자극을 받게 될 줄은 전혀 몰랐다.

내게는 혼자인 시간이 보통 사람보다는 몇 배 더 필요하다. 직업적인 일에 몰두하기 위해서도 그렇고, 그

일을 하기 위한 재충전의 시간도 오롯이 혼자여야만 한다. 또 성격상 좀처럼 가만히 있지를 못한다. 퇴근하면 '이제 좀 쉴까?', '잘까?', '드라마를 볼까?' 하고 소파에 기대는 게 아니라 운동을 하고, 직접 요리해서 혼밥을 차리고, 영화나 책을 본 후 간단히 리뷰를 쓰고, 아니면 산책이라도 하면서 끊임없이 뭔가를 한다. 잠자는 시간도 아까워서 늦은 시간까지 일을 하기도 한다. 책을 쓸 때는 하루에 서너 시간밖에 못 자면서도 그 와중에 운동을 하고 밥을 차려 먹었다. 혼자서 루틴하게 돌아가는 삶이 내게는 가장 행복하고 충만하기 때문에 그 활동 기록을 SNS에 다양하게 남겨보기도 했다.

혼자 일상을 보내는 포스팅을 올릴 때 주변의 눈치도 많이 봤다. 함께 일하는 사람들이 내가 운동하거나 산책하는 일상 사진을 보면서, "장 작가 한가하네. 그 시간에 일을 더 해야 하는 거 아니야?" 하고 핀잔을 줄 것 같았고, 지인들이 "맨날 바빠서 볼 시간 없다면서 골프 치고, 영화 보러 가고, 여행도 가네." 하면서 곱지 않은 반응을 보일까 봐 신경이 쓰였다. 여전히 그런 마음을 완전히 떨쳐내긴 어렵지만, 보다 자유로워지려고 한다.

본업에 써야 할 만큼의 시간은 충분히 썼으니 애당

초 개인적인 시간이나 잠을 줄여가면서 하는 딴짓에 눈치 볼 이유는 전혀 없다. 어떤 일을 하든 사생활은 존중받아야 하고, 나 스스로 당당해져야 인정받을 수 있다. 내가 딴짓을 많이 한다는 건 더 부지런히 살고 있다는 증거지, 게으름을 피우거나 할 일을 망각하고 있다는 뜻은 아니기 때문이다.

또 딴짓은 결코 내 일과 무관하지 않다. 예컨대 내가 매일 한두 시간씩 운동을 하는 것은 장시간 앉아 있는 직업 특성상 운동 부족이 작가 생활을 단축시킬까 하는 염려로 시작한 것이고, 혼밥을 차려 먹고 산책을 하는 소소한 즐거움 역시 일의 스트레스와 피로를 풀 수 있는 나만의 방식이다.

내가 하는 또 하나의 딴짓은 바로 다른 장르의 글쓰기다. 오랫동안 경제 프로그램의 원고를 쓰다 보니, 아주 오래전 문학책을 끼고 살 때의 감성이 그리워져 에세이를 쓰고 싶은 생각이 들곤 했다. 당연히 사람들이 나에게 기대하는 것은 경제와 연관된 것이었겠지만, 난 내 일과 혼자 살아가는 삶의 단상들을 써 내려갔다. 애당초 내 SNS 활동도 그런 기록물의 일환이다.

해야 할 일과 하고 싶은 일의 균형을 맞추는 것은 삶

의 행복과 성장으로 이어진다. 한쪽으로 기울어진 삶의 무게추를 바로잡고 또 다른 출구를 만들고 싶은 마음은 시시때때로 누구에게나 찾아든다. 여행을 가고, 전시회를 가고, 사람을 만나는 등 여러 방법들이 있겠지만, 나에게는 가볍고 소소한 일상의 이야기를 써 내려가는 것이 삶의 균형을 잡는 방식이었다.

그렇게 에세이가 책으로 출간되고 나서, 내가 했던 딴짓들은 더 큰 의미를 갖게 되었다. 나의 딴짓들이 사람들에게 많은 공감을 얻고, 동기부여가 되고, 스스로 더 좋은 사람이 되고 싶단 결심으로 이어진다는 메시지들을 발견할 때마다 한편으론 부끄러우면서도 큰 보람을 느꼈다.

원래 라디오 작가로서의 내 일은 남들을 발굴하고 빛내주는 것이었다. 스포트라이트를 받는 이들의 모습을 찍고, 그들을 돋보이게 하는 자리를 만들고, 누군가에게 기회를 만들어주는 것. 나는 조용히 그들 뒤에 서 있었다. 그런데 언젠가부터는 내가 영향력이 있어야 자리를 지킬 수 있고, 내가 빛나야 남들도 빛낼 수 있다는 생각이 들었다. 내가 나의 가치를 확인하며 스스로 빛날 때, 남들도 나를 더 대우하고 더 영향력 있게 바라봐주는 것을 느꼈다.

언젠가 후배가 내게 해준 말이 그런 용기를 내는 작은 시작이었던 것 같다.

"언니가 하는 모든 일이 사람들의 관심을 받아야 하는 일인데, 더 적극적으로 표현하고 활용하고 즐기면서 하세요!"

생각해보니 정말 그랬다. 내가 하는 일은 적극적으로 관심을 받아야 하는 일들이다. 프리랜서로서, 작가로서 더 많은 기회를 만들면서 살아야 할 텐데, 조용히 남을 빛내주는 일만이 능사일까. 더 이상은 절대 아니라는 생각이 들었다.

세상은 늘 찍히는 사람과 찍어주는 사람이 있고, 늘 찍히는 사람들에겐 그것이 너무 당연하다 보니 내 앞에서도 그들은 늘 무대의 주인공처럼 주목받으려고 한다. 반대로 찍어주거나 같이 나란히 찍는 일, 공을 나누는 일에는 인색하다. 그래서 내가 스스로를 찍고, 내가 알아서 빛나야 나만의 경쟁력이 생겼다. 스스로 권리를 챙기고 영향력을 행사하는 만큼 얻을 수 있는 것들도 많았다. 다만, 모든 일이 지나치면 안 하느니만 못하다. 잘 활용한다는 건 지나침 없이 나의 장점들을 잘 보여준다는 의미다.

글만 쓰기보다 직접 방송도 하고, 다양한 활동들에

〈손에 잡히는 경제〉 라디오 작가 **장주연**

참여하면 시너지 효과가 생기는 시대다. SNS 활동에 적극적인 것조차 어떤 팀에서는 능력으로 평가됐다. '그것이 왜 작가의 일일까?' 하고 반감이 들 때도 있었지만, 세상이 달라지면서 자연스럽게 생길 만한 일이었고, 자연스럽게 할 만한 고민이었다. 그것을 좀 더 내 주관으로 결정해 능동적으로 움직일 수 있다면 그만큼 내가 앞서간다는 뜻이 될 수 있었다. 어느 순간 나에게도 변화가 찾아들었다. '누굴 위해서가 아니라 나에게 유익한 부분이 많을 것 같으니 즐기면서 해보자!' 하고.

오랫동안 SNS에서 활발하게 활동해보니 나만의 매력이 보인다.

'내 나이에 이만하면 자기관리 잘하고 있는 거구나.'

'정말 부지런히 살고 있구나.'

'내 일과 일터가 참 근사하구나.'

페이스북 친구들이 나의 매력으로 봐주는 건 그런 평범한 일상의 모습인 것 같다. 많은 사람들의 따뜻한 관심과 애정 속에 사는 기분이라니. 그래서 나 역시 "좋아요."를 말하고 싶어진다.

오로지 한 우물만 팠다면 몰랐을 세상이다. 그래서 나는 균형을 깨지 않는 범주에서 생활과 체력을 관리해나가면서 두고두고 하나씩 딴짓을 펼쳐나갈 것이다.

오래전에 접어두었던 꿈. 드라마든 영화든 웹소설이든 창의적인 이야기를 쓰려고 한다. 나만의 채널을 가져보려고 한다. 작은 사업체를 꾸려보려고 한다. 재즈댄스를 배워보려고 한다. 나만의 제주 여행 책을 써보려고 한다. 나이가 몇 살이 되든 세계 여행을 떠나보려고 한다. 죽을 때까지 새로운 공부를 해보려고 한다. 시간이 걸리더라도 계속 딴짓을 즐겨보려고 한다. 그런데 그 딴짓의 귀결은 평생 작가다. 어느 길을 가든 글을 늘 쓸 것이고, 죽는 순간까지 나는 '장 작가'로 불리고 싶다. 풍요로운 삶을 즐기기 위한 다양한 활동을 해나가기 위함이다.

인생은 단 한 번뿐.

오늘의 딴짓이 새로운 내일을 만든다.

〈손에 잡히는 경제〉 라디오 작가 **장주연**

페이스북 할까 말까? 자문자답 운용 원칙

1. 투자 대상이냐, 시간 낭비냐?

"SNS는 시간 낭비, 인생 낭비 아니에요?" 이런 얘기를 많이 한다. 나 역시 오랫동안 그렇게 생각했다. 나는 4년 전에 활동을 시작했는데 그 이전엔 계정만 만들고 활동하지 않았다.

몇몇 사람의 페이스북을 접하면서 내가 하고 싶은 딴짓을 하기 위해 SNS를 잘 활용하면 도움이 되겠다는 생각이 들었다. 이전에 취재를 통해 쓴 책들과 다른 에세이를 써보고도 싶었고, 캔들을 만들면서 작업과 결과물을 공개하는 것도 재미있었다. 좋아하는 영화, 여행, 운동, 요리, 책 등 일을 떠나 다양한 내 일상의 즐거움과 활동을 기록하는 재미도 생겼다. 사람들과 보내는 즐거운 시간도 더 극대화되고 네트워크도 더 탄탄해졌다. 페친들과도 쉬운 언어로 소통하는데 그런 일상과 부캐가 더 도움이 됐다. 오히려 경제나 각종 이슈, 방송에서 다루는 내용들에 대해선 쓰지 않은 지 오래됐다. 어떤 논쟁이 생기면 피로감만 커졌다. '내가 이 공간에서 왜 이렇게 피곤해져야 할까?', '왜 의미 없는 시간을 낭비하고 있을까?', '왜 여기서도 일을 하나?' 무엇을 하든 활용할 줄 아는 사람에겐 투자 대상이고, 활용할 줄 모르는 사람에겐 시간 낭비다!

2. 관종이 될 것인가, 말 것인가?

페이스북에서 열심히 활동하는 시점부터 나는 SNS에 적극적으로 내 모습도 노출하기 시작했다. 그 시점부터 나는 내 모습이 좋아졌다. 인생에서 어느 한 부분을 일단락 맺고, 건강하고 활기찬 모습으로 돌아오는 시점이었다. 어느 날 TV에서 본 60살이 다 된 몸짱 여성을 보고 큰 자극을 받았다. 신체의 건강으로 마음의 건강까지 되살린 그 노력이 참 멋져 보였다. 그래서 생전 안하던 운동을 시작하고, 꾸준히 하면서 어느 경지에 이르니 그 쾌감과 희열이 온몸에 느껴졌다. 꾸준한 관리 속에 자연스럽게 배어든 세월의 흔적은 나에게 자신감을 심어줬다.

〈손에 잡히는 경제〉 라디오 작가 **장주연**

말 그대로 오늘이 가장 젊은 날이었다. '나다움과 자유로움으로…'라고 쓴 내 에세이대로 나는 살아가고 싶고, 그렇게 표현할 줄 아는 것이 능력이자 경쟁력이 될 수 있다고 믿는다. 관종으로 보여도 그만이고, 아니어도 그만이다. 그건 내게 중요한 문제가 아니다. 인플루언서 시대에 관종을 부정어로만 인식하고 있는, 관종이 되지 못해 비뚤어진 편견과 시각이 문제다. 관종이 갖는 사회에서의 긍정 에너지를 어떻게 활용할까를 고민하는 게 경제적이고 현명하다.

3. 친구 맺을까, 끊을까?

일면식도 없는 친구들과 일과 일상을 공유한다는 것은 특별한 목적의식 없이는 어려운 일이다. 공인이거나 관종이라서 주목받기를 원했다면 모를까, 친구가 없어서 그렇게라도 만나고 싶다면 모를까, 굳이 그럴 필요성이 없던 일이다. 지금의 페친 숫자는 몇 년에 걸쳐 꽤 오랜 시간 동안 늘어난 결과다.

친구를 맺는 데 있어서 내가 먼저 신청한

일은 30여 명 정도에 불과하다. 나는 먼저 신청을 하지 않는데, 아는 연사들에게는 신청을 하면 부담을 느낄까 조심스러워서 안한다. 정작 내가 경제 관련 포스팅을 쓰지 않기 때문에 안하기도 한다. SNS라는 공간이 조심스러워 남성들에게 먼저 신청하는 법이 없다. 내가 일일이 다 들여다볼 수 없을 게 뻔해서 먼저 신청을 하긴 미안해 자제한다.

반면 친구 신청을 수락할 때는 자신을 공개하는지 여부 등 남들과 공통적인 것들을 꼭 살펴본다. 여기에 내가 특별히 중요하게 보는 건 어떤 사람들과 친구를 맺고 있는지, 내 주변의 사람들과의 관계 맺음이 어떤지를 많이 참고한다.

타임라인에는 종종 어떤 의식을 치르듯 친구를 정리하겠다는 포스팅이 올라오곤 한다. 난 조용히 정리하면 될 일이라고 생각한다. 내가 친구하고 싶은 사람과 친구를 하는 것이지, 상대방의 반응에 따라 달라질 건 아니라고 생각한다. 관계를 유지하기 싫은 사람은 스스로 조

〈손에 잡히는 경제〉 라디오 작가 **장주연**

용히 보내면 될 일이다. 나도 극히 일부에게조
차 좋은 친구 되기가 참 어렵더라.

운명을 필연으로 만든 27년 차 경제 전문 라디오 작가

연합뉴스 기자

김진방

연합뉴스 전북본부 사회부를 시작으로 언론계에 발을 들였다. 국제부, 북한부를 거쳐 2017년 1월 베이징 특파원으로 부임한 뒤로 5년째 북한과 중국 정치, 외교를 취재하고 있다.

한마디 소개 일하기 위해 먹다가 먹기 위해 일합니다

남들이 보면 열성 기자 같지만, 실상은 식도락을 즐기는 맛객이 본캐고, 부캐가 기자다. 본격적으로 베이징 특파원 생활을 시작하며 베이징 곳곳에 숨어 있는 맛집을 찾아 맛기행을 다녔다. 미식에 대한 관심이 많아 중국 문화 중 특히 식문화에 대해 글을 쓰기 시작했다. 현재는 제주, 군산, 춘천 등을 다니며 로컬 콘텐츠 개발과 관련한 활동과 강연을 하고 있다. 네이버 프리미엄 콘텐츠 '돼지테리언 금진방' (https://contents.premium.naver.com/gold/goldpig) 채널도 운영 중이다.

4

얼떨결에 시작한
풋내기 기자,
대륙의 열성
특파원 되다

마라부터 불도장까지,
진짜 중국의 맛이
궁금하세요?

본캐는 맛객 금진방, 부캐는 기자 김진방입니다만

"기자 맞으세요?"

SNS상에서 나의 정체를 알게 된 팔로워들에게 가장 많이 받는 질문이다. 나는 페이스북에 '금진방'이란 계정을 운영하고 있다. 금진방으로 나를 처음 접한 팔로워들은 본캐인 '김진방' 기자가 작성한 기사를 보고 나에게 기자가 맞는지 확인차 이런 질문을 던진다. 페이스북에 글을 본격적으로 쓰기 시작한 지는 3년째다. 그 후로 내 일상에는 많은 변화가 있었다.

금진방을 부캐라고 소개했지만, 실상을 보면 기자 김진방이 부캐나 다름없다. 네이버 기자 페이지 구독자 수는 이제 겨우 1,400명을 넘어섰다. 반면 페이스북 팔로워는 3,000명에 육박한다. 팔로워 수가 3,000명에서 주춤하는 것은 너무 많은 사람이 몰려드는 것을 막으려고 전체 공개 글을 더는 쓰지 않기 때문이다. SNS를 능숙하게 다루지 못하던 시절 전체 공개 글을 마구잡이로 쓰다가 밀려드는 팔로워가 감당이 되지 않아 현재는 팔로워 수를 조절해가며 계정을 운영하고 있다.

다시 처음 질문으로 돌아가 보자. 사람들이 나에게 기자가 맞느냐고 묻는 이유는 명백하다.

바로 '갭모에*'.

기자로서 김진방과 부캐인 금진방 사이의 간극이 너무 크기 때문이다. 사람들이 생각하는 기자란 어딘지 재수 없고, 잘난 척하며, 일반인이 모르는 거대한 비밀을 알고 있을 것만 같은 이미지다. 물론 요즘에는 기레기라는 불명예스러운 호칭으로 불리며 비호감의 총아가 되기도

---

* 영어 갭(차이)과 일본어 모에루(싹이 트다)의 합성어. 반전 매력에 반항을 가리키는 단어

했지만 말이다. 어쨌거나 기자가 시쳇말로 '난체한다'는 표현이 어울리는 직업군이다 보니, 팔로워들은 내가 SNS에 쓰는 글과 기자로서 작성하는 기사를 보며 갭모에를 느끼는 것 같다. 이런 나의 행태가 신기해서 팔로워가 된 사람도 많을 정도로 두 존재 사이의 차이는 매우 극명하다.

피디가 되고 싶었던 인천공항 직원

기자가 되기 전 내 직업은 '신의 직장'이라 불리던 공사 직원이었다. 그것도 매년 취업준비생 희망 직업 순위 베스트 5에 드는 인천국제공항공사에 다녔다. 가정 형편이 어려워 대학원 진학을 포기하고 취직을 도모하다가 2010년 4월 인천국제공항에 입사했던 것이다. 심지어 당시 모든 취준생의 워너비였던 대기업, 공사, 은행 등에 동시에 합격했다.

취직과는 거리가 있어 보이던 내가 남부럽지 않은 직장에 덜컥 합격하자 여러 후배들이 나에게 합격 비결을 물어왔다. 하지만 특별한 비결이 있었던 것은 아니다.

25세에 대학교 1학년을 다녔고, 대학을 다니기 전까지 학원 강사, 과외 등 각종 아르바이트를 해왔던 삶의 여정이 비결이라면 비결이겠다. 번듯한 대기업, 공사, 은행 등의 면접관들은 나의 인생 역정에 심금이 운 모양이다. 1차 필기시험을 통과한 뒤 면접시험이 시작되자 짠 내를 물씬 풍기던 나는 일사천리로 합격선을 통과했다. 내 성장 배경이 특이했던 탓에 노하우를 알려줄 수도, 도움을 줄 수도 없었다.

어쨌든 첫 직장인 인천공항공사를 그렇게 입사했다. 영세 임대 아파트촌에서 자란 내가 인천공항공사에 합격하자 개천에서 용이 난 것처럼 주변에서 축하가 쏟아졌다. 문제는 모두가 부러워하는 직장이었지만, 큰 노력 없이 내 수중에 들어왔다는 것이었다. 나는 쉽게 얻은 달콤한 열매에 금세 흥미를 잃게 됐다. 직장을 다니는 내내 '이 길이 내가 평생을 걸어가야 할 길인가?'라는 의문이 머리에서 떠나질 않았다. 그러기를 10개월, 마침내 나는 이직을 결심했다.

사실 내가 하고 싶었던 일은 명확했다. 대학원에 진학해 종교철학을 전공하지 않는다면 연출을 해보고 싶었다. 그렇게 회사에 다니면서 언론사 입사 시험을 준비했다. 취업 준비를 할 때 MBC PD 시험을 친 적이 있었기 때문에 대략은 감을 잡을 수 있었다. 취업 준비할 때 봤던 자료들을 다시 꺼내 정리하고, 그간 봤던 책과 영화를 퇴근 후 탐독했다. 논술과 기획이 핵심인 PD 시험에서 감을 끌어올리기 위해서였다. 그러다 2010년 10월 연합뉴스에서 방송국을 론칭한다는 소식이 들려왔다. MBC PD 시험을 칠 때 같이 합숙했던 PD 지망생 친구들이 함께 시험을 보자며 연통을 넣었다. 그렇게 나는 연합뉴스에 지원하게 됐다. 우리의 계획은 단순했다. 일단 기자가 된 뒤 PD로 전직하자는 '완벽한 계획'이었다. 그러나 세상은 녹록지 않았다. 연합뉴스의 기자가 된다고 해서 연합뉴스TV의 PD가 될 수는 없었다. 그렇게 나의 기자 생활은 우연과 무모로 시작됐다.

지방 기자 베이징에 가다

나의 첫 출입처는 연합뉴스 전북취재본부였다. 전북 경찰청과 전북지역 문화부에 출입했다. 공사를 그만두고 입사한 연합뉴스의 생활은 이전과는 하늘과 땅 차이였다. 공사 직원이 냉탕이라면, 기자는 열탕이었다. 공사 생활 때는 상상할 수 없는 하루 20시간에 육박하는 업무 시간과 낯선 기사 작성 업무에 숨이 막혀왔다. 경찰 기자로서 적응하는 데만 3년이라는 세월이 걸렸다. 중도에 포기할까 생각도 했지만, 또 일이 싫어 도망치는 짓은 하고 싶지 않았다. 도망칠 때 치더라도 기자로서 인정을 받은 뒤에 떠나고 싶었다.

전북이 고향이었지만, 대학 생활과 직장 생활을 서울에서 했던 나는 전북에서 이방인 취급을 받았다. 인맥으로 취재의 터를 다지는 지방 기자로 정착하기 위해 나는 사활을 다했다. 매일 출입처 경찰과 지역 인사의 경조사를 찾아다녔고, 새벽까지 술을 마셨다. 이런 방법 외에는 정보를 얻을 길이 없었다. 그렇게 3년이 지나자 제법 기자로서 틀을 잡아갈 수 있었다. 기자 생활을 시작한 지 4년 차가 됐을 때 세월호 사건이 터졌다.

세월호 취재는 나를 기자로서, 또한 사람으로서 성숙시켰다. 취재원과의 관계, 사건을 대하는 마음가짐, 기록하는 자와 한 인간으로서 자아 간의 내적 갈등이 이 시기의 나를 관통했다. 기자라는 직업에 대해서도 다시 한번 생각하게 되는 계기가 됐다. 좌충우돌하던 막내 기자는 그렇게 힘든 과정을 거쳐 한 단계 성장을 이뤘다. 그리고 이듬해 전북 모 대학교 이사장의 비리를 심층 취재해 한국기자협회의 '이달의 기자상'을 받았다. 기자로서는 최고의 커리어를 성취한 것이다. 그런데 그 뒤로 알 수 없는 공허함이 밀려왔다.

이때부터 알 수 없는 불안증에 시달렸다. 세월호 현장에서 겪었던 일들이 트라우마로 남았고, 외상 후 스트레스로 이어졌다. 요즘엔 흔하지만 당시엔 생소했던 공황장애 증상이 시도 때도 없이 나타났다. 기자로서 더 이룰 것이 없다는 생각이 든 것도 이때부터였다. 그렇게 무료하고 고통스러운 시간을 보내던 그때, 한 회사 선배가 힘들어 하는 나에게 전공을 살려 베이징 특파원으로 가보는 게 어떻느냐고 권했다. 당시 지방 기자가 베이징 같은 중요 지역의 특파원을 나간다는 것은 거의 불가능에 가까운 일이었다. 그런 높은 장벽은 나의 도전 정신을 자극했다. 지금까지 쌓은 커리어와 일생일대의 대운을 받아 2016년 가을 나는 베이징 특파원에 내정됐다. 내가 있던 전북 취재 본부에서는 첫 사례였고, 전사적으로도 지방 기자가 베이징 특파원에 선발된 것은 처음이었다.

연합뉴스 기자 **김진방**

베이징에 가기 전까지 나는 6년 내내 사건기자로 살았다. 베이징에 오는 기자 대부분이 외교나 정치 쪽 기자인 것과 비교해 내 이력은 이색적이었다. 물론 지방에서 온 것도 매우 특이한 경우였다. 낯선 외교 기사를 써야 하는 상황이 힘겨웠지만, 베이징에서 내가 할 수 있는 것들을 찾았다. 현장을 샅샅이 살피고, 정보원을 만들고, 취재원과 긴밀한 관계를 맺는 것이었다. 그러다 보니 어느덧 나는 북한 취재를 전문으로 하는 기자가 돼 있었다. 내가 베이징에 부임한 2017년 이후 김정은 북한 국무위원장이 하노이 미중 정상회담을 포함해 5차례 중국을 방문했다. 사건기자 특유의 직감과 현장 취재 경험으로 정보를 모으고, 상황을 예측하고, 현장을 뛰어다니며 북한 관련 특종을 여러 차례 거머쥐었다. '이달의 기자상' 이후 무기력해졌던 내 기자 생활에 다시 활력이 도는 것 같았다. 하지만 머릿속 한 곳이 텅 빈 것 같은 무기력증은 여전히 나를 떠나지 않았다.

새로운 신분증을 얻다

내가 SNS에 글을 마구 써대기 시작한 것은 2018년 무렵이었다. 당시 나는 미중 정상회담, 김정은 북한 국무위원장의 연이은 방중 등으로 눈코 뜰 새 없이 바쁜 나날을 보내고 있었다. 하루 종일 쓰는 글이라고는 정치, 외교, 군사, 경제 기사가 전부였다. 글 쓰는 게 좋아서 기자가 된 것은 아니지만, 10년 가까이 기자를 하면서 직업적 글쓰기에 지쳐가던 즈음이었다. 그리고 외국 생활이 가져다준 적막감과 고독은 서서히 숨을 조여왔다. 온 힘을 쏟아 일을 마치고 나면 찾아오는 허무는 마음을 더 병들게 했다.

약간의 공황 증세와 우울감이 있던 어느 날 나는 방치해뒀던 페이스북 계정에 들어갔다. 오랜만에 찾아간 내 계정에는 가족의 소소한 일상과 스스로 취재한 기사를 홍보하는 중2병 못지않은 자뻑 글만 부유하고 있었다. 당연히 '노잼' 계정의 팔로워 수는 100명에도 미치지 못했다. 문득 아무도 찾지 않아 찬바람만 부는 내 페이스북 계정에 나만의 글을 써야겠다는 생각이 들었다. 나만의 공간, 완전히 분리된 자아, 내가 바라는 이미지를 페이스북 계정에 불어넣어야겠다고 생각했다. 가장 먼저 한 일은 나를 직업적으로 아는 사람과 회사 선후배들을 '숙청'하는 일이었다. 대대적인 숙청 작업이 끝난 계정을 바라보는 것만으로도 50CC 오토바이를 훔쳐 탄 비행 청소년이 된 것처럼 해방감이 느껴졌다. 그 뒤로 좌충우돌, 댓망진창 페북 라이프가 시작됐다.

새 신분증을 얻게 된 나는 일단 페이스북 친구 수를 늘렸다. 여기저기 재밌는 이야깃거리나 화젯거리가 있는 곳을 기웃거리면서 페친들을 사귀었다. 그리고 누가 읽든 읽지 않든 매일 꾸준히 글을 올렸다. 매우 바쁜 시기였기 때문에 이른 새벽부터 일어나서 베이징 생활에서 느끼는 감정들을 에세이 형식으로 썼다. 출근해서는 점심시간을 쪼개 대중들에게 낯선 특파원 업무와 관련된 이야기를 쓰기도 하고, 소소한 일상을 기록하기도 하고, 실없는 농담을 적기도 했다. 글을 쓰는 게 직업이다 보니 꾸준한 업로드가 가능했고, 서서히 내 계정은 페친들이 도란도란 모이는 사랑방처럼 변해갔다.

당시 남북 간, 북중 간 교류에 비례해 베이징 공항 취재가 많았던 것도 빠른 시간 내에 팔로워를 모을 기회가 됐다. 공항 취재는 공항 출국장이나 입국장, 야외인 VIP 통로에서 주요 인사들을 취재하기 때문에 대기 시간이 무척 길었다. 무료한 대기 시간을 활용해 그날그날 쓸 글감을 정리하고, 대기 시간이 늘어지면 핸드폰으로 직접 글을 쓰기도 했다. 남들 눈치를 보느라 하지 못했던 말들을 페이스북에 올리면서 일탈에서 오는 카타르시스를 느꼈다. 늦게 배운 도둑질에 밤새는 줄 모른다고 대기 시간에 실시간으로 팔로워들과 주고받는 댓글 놀이에 빠져 취재원을 놓친 적도 있다. 무엇보다 꾸준히 활동할 수 있었던 동기는 내가 쓰고 싶은 글, 내가 관심 있는 주제에 대해 마음껏 떠들어도 된다는 점이었다. 그 전까지는 유튜브나 TV 교양 프로그램에서 글쓰기에 치유의 힘이 있다는 말을 들으면 콧방귀를 뀌었다. 글을 쓰는 일을 직업으로 가졌기 때문이겠지만, 매일같이 두드리는 자판이 날 치유한다기보다는 먹여 살린다는 느낌이 더 컸다. 그러나 페이스북을 시작하고 나서는 시골 교회 목사님이 할 법한 '글쓰기는 치유의 힘이 있습니다'라는 명제를 믿게 됐다.

내가 만든 콘텐츠 중 가장 인기가 있던 것은 중국 요리였다. 과거 한국에서는 중국 요리 하면 짜장면, 짬뽕, 탕수육이 전부로 여겨졌다. 내가 SNS를 본격적으로 시작한 시기는 한국에 이제 막 '양꼬치 앤 칭다오' 붐을 지나 마라 열풍이 살랑살랑 불어오던 때였다. 시대의 흐름 때문이었을까? 내가 올리는 중국 음식 포스팅은 많은 팔로워의 궁금증과 부러움을 자아냈다. 입소문을 타 유명 셰프들과 요식업계 관계자들도 내 계정을 방문했다. 직업 특성상 점심, 저녁으로 외식하는 일이 잦았고, 원래도 식도락을 즐기던 터라 뜨거운 반응에 더욱 가열차게 포스팅을 올렸다. 마침 한국에서 유행하던 '먹방 신드롬'도 계정이 인기를 끄는 데 한몫했다. 불판 지름이 1m가 넘는 양불고기와 양을 통째로 굽는 카오취안양(烤全羊), 푸젠성 현지에서 먹는 본토의 불도장까지 매일같이 쏟아지는 중국 음식 포스팅은 나에게 '금진방'이라는 별명을 안겨줬다. 비단 장수 왕서방처럼 중국적 분위기가 잘 살고, 실명과도 거의 비슷한 이 별명이 마음에 들었던 나는 아예 계정명을 금진방으로 바꿨다. 그렇게 제2의 인생이 시작됐다.

김진방보다 유명해진 금진방

금진방이란 캐릭터는 생각보다 강력했다. 중국 음식 포스팅을 한참 하던 때라 베이징 맛집을 샅샅이 뒤지고 다녔던 탓에 몸무게도 상당히 불어 있었다. 살집이 붙은 내 모습은 왕서방 이미지에 딱 들어맞았다. 간간이 올리던 셀피도 금진방 캐릭터를 살리는 데 한몫했다. 잘생긴 모습이나 사진 앱을 이용해 예쁜 셀피를 올리는 것이 당시 트렌드였지만 나는 금진방이란 캐릭터에 맞는 우스꽝스러운 셀피를 주로 올렸다. 그리고 기자라는 직업과는 완전히 다른 이미지로 편안한 동네 오빠, 형, 동생을 자처하며 팔로워들에게 다가갔다.

그러던 어느 날 페이스북에 올린 글을 한곳에 잘 모아보지 않겠느냐는 제안을 받게 됐다. 대학 시절 은사님인 김택규 선생님께서 매일 새벽 올리던 에세이나 중국 요리 관련 글, 특파원 취재기 같은 것을 블로그 같은 공간에 따로 모아보면 좋을 것 같다는 말을 해주신 것이다. 이때부터 한곳에 모을 글은 조금 정제해서 쓰고, 여러 번 수정을 거쳤다. 물론 실없는 농담이나 재밌는 포스팅도 잊지 않으면서 말이다. 그렇게 글은 쌓여 갔고, 나름 중국 요리로 '먹방계'에서 인정을 받던 나는 SNS에서 알게 된 출판사 대표에게 출판 제안까지 받게 됐다. 처음엔 장난처럼 시작한 부캐 활동이 본캐를 앞지르는 상황까지 온 것이다. 어리둥절하기도 했지만, 그간 써 놓았던 글을 정리하고, 사진을 모으며 출판을 위한 준비를 차근차근 마쳤다. 코로나19가 전 세계를 휩쓸었던 탓에 재택근무를 하던 때라 업무 외 시간에는 글을 쓰는 데 몰두했다. 그렇게 《대륙의 식탁, 베이징을 맛보다》가 세상에 나오게 됐다. 추천사 역시 SNS를 하면서 만났던 셰프님들과 지인들이 맡아서 써주었다. A부터 Z까지 이 책은 금진방이라는 캐릭터 덕분에 완성될 수 있었던 것이다.

SNS를 하기 전까지는 내가 음식과 관련된 책을 낼 것이라고는 추호도 생각하지 못했다. 책을 낸다면 흔히 기자들이 쓰는 취재기나 조금 더 나아가면 특파원으로서 중국의 정치나 외교에 관한 내용이지 않을까 싶었고, 물론 이 또한 책을 쓴다는 가정하에 든 생각이었다. 다른 기자들이 하지 않던 앙큼한 '딴짓'에 몰두하다가 정신을 차리고 보니 이제는 하루에 기사를 쓰는 시간보다 페이스북에 글을 쓰는 시간이 압도적으로 많은 사람이 돼 있었다.

재밌는 것은 본업인 기자 김진방보다 부캐인 금진방 쪽의 일이 훨씬 많아졌다는 것이다. 금진방 계정을 운영하기 전에도 가끔 외부 기고 일을 하긴 했지만, 금진방으로 인지도를 쌓은 뒤에는 출판과 강연, 방송 출연 요청이 잦아졌다. 기자 일과 병행하기 어려울 정도로 금진방 일이 밀려들기도 했다. 물론 그때마다 나의 선택은 본업인 기자였다. 하지만 여건이 되는 선에서는 나름의 일탈에도 최선을 다했다. 특파원 임기를 마치고 잠시 한국으로 돌아왔을 때도 금진방으로 여러 차례 강연을 다녔고, 로컬 콘텐츠와 관련된 일의 자문을 하거나 글을 쓰는 일도 많아졌다. 답답한 일상의 해방구로 사용했던 SNS가 본업 못지않은 자리를 차지하게 됐다. 어찌 보면 장난같이 시작한 SNS지만, 이제는 내 삶에서 덜어낼 수 없는 공간이 된 셈이다. 특히 부캐인 금진방은 이제 스스로 살아 움직이며, 본캐인 김진방의 손아귀에서 벗어나 독립을 꿈꾸고 있다.

딴짓 잘하는 노하우

처음 금진방 계정이 급속히 성장하던 시절 내가 기자임을 알았던 지인들은 언제 일하고 언제 계정에 올릴 글을 쓰는지 의아해 했다. 나를 아끼던 지인들은 늘 걱정 반 기대 반으로 금진방을 바라봤다. 친한 타사 특파원 선배가 너무 SNS 활동에 몰두하다가 화를 입을 수도 있다고 충고를 한 적도 있다. 초짜 페부커인 내가 설화를 입을까 걱정한 것이다. 종종 SNS에 실수를 저지르는 연예인이나 정치인의 사례를 봐왔던 터라 나 역시 신경이 쓰였다. 내가 공인은 아니지만, 대중 글쓰기를 하는 기자로서 SNS에 적절치 못한 언사를 한다면 회사나 개인 모두에 큰 피해를 줄 수 있다는 생각을 늘 스스로 각인시켰다. 팔로워 수를 적정 수준으로 유지한 것도 이때쯤이었다. 또 최대한 정치적 이슈나 전국적으로 화제가 되는 이슈에 대해서는 말을 아꼈다.

반대로 계정 운영에 도움이 되는 글은 꾸준히 올렸다. 신변잡기나 개그용 게시물을 빼고도 하루 서너 개 정도 3,000자 분량의 글을 게시했다. 그저 딴짓으로 치부하기에는 매우 진지하게 금진방 계정을 운영한 셈이다. 하루에 서너 개의 긴 글을 게시하려면 상당한 노력이 필요하다. 내 경우에는 맛 기행이나 중국에서만 볼 수 있는 미술품 전시, 베이징에서 만난 유명 인사 등을 주력 콘텐츠로 삼았다. 이런 글을 쓰려면 본업을 제외한 여가 시간을 거의 쏟아부어야 한다. 틈이 날 때마다 다음에 갈 식당을 정하고, 글감이 될 만한 전시나 콘텐츠를 기획했다.

이미 단순한 SNS 활동이라고 보기에는 한참이나 기준점을 벗어나 있었다. 물론 일로서 한다면 야근이 되겠지만, 내가 좋아서 하는 일이기 때문에 업무적 피로감은 전혀 없었다. 금진방은 어느새 딴짓이라고 보기에는 한층 전문적인 활동이 돼 있었다. 생각해 보면 지난 3년간 SNS에 올린 글들은 기사 못지않게 피땀을 흘려 써낸 것이다. 페이스북에서 내 별명이 '글공장'이 된 것도 이런 막대한 양의 업로드와 글 체력 때문이다. 글을 쓰는 직업을 갖고 있기 때문에 가능했던 것도 있지만, 기본적으로는 딴짓이라 치부하는 일을 정성껏 대한 것이 가장 큰 원동력이 됐다.

딴짓을 잘하는 나만의 노하우가 있느냐는 질문을 가끔 받는다. 내 대답은 언제나 같다.

'본업에 충실하지 않으면 딴짓도 잘할 수 없다.'

대중들이 부캐를 보는 시선은 언제나 본캐의 연장선에 있다. 그 사람이 아무리 다재다능한 재능을 갖췄다 하더라도 본업을 제대로 하지 못하면 사람들은 금세 시선을 거둔다. 이제 와 생각해보면 인기가 많았던 코너 중 '공항 취재기'가 있었다. 공항 취재기는 베이징 공항이라는 낯선 공간을 맨땅에 헤딩하듯 취재하면서 겪었던 에피소드를 소개하는 코너였다. 김정은 위원장의 동선을 어떻게 파악하는지, 일본 기자들과 어떻게 경쟁하는지 등 본업과 관련된 이야기들은 소재 자체도 흥미를 불러일으키지만, 금진방이라는 부캐 뒤에 서 있는 기자 김진방에 대한 신뢰감을 팔로워들에게 불어넣어 줬다. 취재기 중에서도 인기가 있었던 콘텐츠는 북한 고위 관료들의 사진을 찍기 위해 베이징-인천 노선 왕복 티켓을 끊어 당일치기 한국행을 했던 에피소드와 2차 북미 정상회담을 취재하기 위해 중국과 베트남 국경에 갔다가 중국 공안에게 붙들려 유치장에 이틀간 갇혔던 에피소드였다. 팔로워들은 금진방이라는 부캐가 하는 딴짓을 바라볼 때 본캐의 그림자도 함께 바라봤다.

또 한 가지 이야기하고 싶은 것은 딴짓으로 보이는 금진방 활동이 기자 김진방의 업무에도 긍정적인 영향을 끼친다는 점이다. 금진방 계정을 운영하면서 기자로서는 자주 접하지 않던 공간과 사람들을 만났다. 금진방 계정에 연재하던 '예술의 향기'가 바로 이런 사례 중 하나다. 예술의 향기는 베이징 시내에 있는 세계적인 미술관과 갤러리를 돌면서 전시를 보고 리뷰를 하는 시리즈였다. 이 시리즈를 하면서 알게 된 중국 감독과 작가, 갤러리 대표들은 나중에 취재원으로서 나에게 큰 도움을 줬다. 특히

나 정보에 민감한 북한 관련 취재를 할 때 다양한 분야의 사람들이 의외의 조력자가 되어주었다. 다른 특파원들이 만나지 않는 사람들을 만나고, 가지 않는 곳을 다니면서 자연스레 기자로서 역량도 커졌다. 책을 낸 이후에는 중국 잡지사에서 외신 기자가 본 중국 요리 콘셉트로 칼럼 코너를 따로 만들어 주기도 했다. 이 인연으로 중국 언론계에서 활동 영역을 넓혀 갈 수 있었고, 인연이 인연을 낳듯 좀체 외신 기자들과 안면을 트지 않는 중국 관료들과도 친분을 쌓을 수 있었다.

본캐와 부캐의 시너지 효과는 시간이 갈수록 커지고, 서로 긍정적인 영향을 주고받게 됐다. 물론 부캐에서의 작은 실수가 기자 활동에 지장을 줄 수 있다는 점도 분명히 인식해야 했다. 다만 내 경우에는 운이 좋아선지 부정적인 요소보다는 긍정적인 요소가 훨씬 많았다.

부캐를 지속할 수 있는 이유

모든 일이란 게 그렇듯 부캐 활동에도 권태기가 찾아온다. 부캐라는 것은 어떻게 보면 가욋일이라고도 볼수 있다. 자신이 좋아서 하는 일이고, 즐기면서 하는 일이라는 면이 강하지만 어찌 됐든 지속하기 위해서는 끊임없이 변화를 추구해야 한다. 지난 3월 첫 임기를 마치고 한국에 돌아왔을 때 가장 큰 걱정은 '글감'이 고갈됐다는 것이었다. 금진방이란 부캐는 중국에 기반을 두고 콘텐츠를 만들어내고 있었다. 가장 주된 콘텐츠는 중국 음식이고, 중국 미술, 중국 사회 문화가 서브 역할을 한다. 이 모든 것은 중국에 있을 때 가능한 것이다. 그래서 한국으로 돌아오기 전 이제 무슨 글을 쓰고, 무슨 이야기를 하고, 어떤 활동을 할까 고민에 빠질 수밖에 없었다.

가장 먼저 떠오른 것은 강연이었다. 중국에 머무르면서 아쉬웠던 점은 팔로워들을 온라인으로만 만날 수 있다는 것이었다. 온라인을 중심으로 활동하는 부캐지만 오프라인으로 활동 영역을 넓혀 가는 것도 좋겠다고 생각했다. 오프라인에서 내가 가장 잘할 수 있는 것은 강연이었다. 중국 음식과 관련된 강연이든 취미 활동을 책으로 쓰는 과정을 소개하는 강연이든 내가 필요한 곳이 있다면 달려갈 생각으로 1시간, 2시간, 3시간 분량의 강연 PPT를 각각 만들었다. 코로나19가 창궐해 강연이 많이 줄었지만, 강연을 위한 기초 자료를 만들 필요는 있다고 생각했다. 디자이너와 함께 머리를 싸매고 몇 날 며칠을 고생한 끝에 북콘서트용 PPT와 원고를 완성했다. 한국에 돌아오자마자 운 좋게 제주도 청년창업사관학교에서 강연할 기회가 생겼다. 이후 군산대학교 링크사업단, 강원도 도시재생지원센터에서도 강연을 이어갈 수 있었다.

두 번째로는 글을 계속 쓰는 것이었다. 기존에 있던 콘텐츠를 정리해 책으로 낼 계획을 세웠다. 귀국하기 석 달 전부터 식품 마케팅 전문가들과 두 번째 책을 위한 스터디를 주 2회씩 진행했다. 그렇게 금진방 캐릭터가 만들어 낸 첫 번째 책에 이어 올해 말에는 중국의 맛과 관련된 두 번째 책이 출간될 예정이다.

음식과 관련한 기고도 이어나가고 있다. 음식 전문가는 아니지만, 중국의 식문화와 관련해 정확한 정보를 전달하고 싶다는 욕심은 늘 가지고 있다. 한국에 부는 중국 음식 붐은 중국에서도 '역한류'라 불리며 주목받고 있다. 그러나 주목받는 것에 비해 제대로 된 정보는 한참 부족한 게 현실이다. 두 번째 책을 내는 이유도 여기에 있다. 한국의 독자들이 중국 음식의 맛에 대해서 제대로 이해하기를 바라기 때문이다. 방송 출연도 그런 면에서 힘을 쓰고 있다. 한국에 온 뒤 〈정영진 최욱의 매불쇼〉에 출연해 중국 음식 이야기를 할 수 있었고, 유튜브 게스트로도 가끔 출연할 계획이다. 이렇듯 한국에서만 할 수 있는 일도 있었다. 우연히 탄생한 금진방이란 부캐는 이렇게 계속해서 성장하고, 영역을 확장해 나가고 있다.

페이스북은 이제 SNS계의 고인물로 불린다. 긴 글을 주요 콘텐츠로 하는 플랫폼이다 보니 인스턴트 콘텐츠에 익숙한 젊은 층에는 외면받는다. 어린 세대들 사이에서는 'SNS 경로당'이라고 불릴 정도로 고리타분한 이미지가 있다. 하지만 페이스북의 강점은 텍스트를 기반으로 한다는 점이다. 편리한 편집 툴을 제공하는 것은 아니지만, 테스트 마켓처럼 글로 된 콘텐츠를 평가받는 데는 더없이 좋은 플랫폼이다. 다만 페이스북에만 콘텐츠를 담아두기에는 아쉬운 점이 있다. 그래서 나는 여기서 한발 더 나아가 새로운 도전을 해보기로 했다. 조만간 네이버에서 운영하는 구독형 콘텐츠 서비스에 채널을 개설할 예정이다. 딴짓을 단순히 딴짓으로 놔둔다면 그것은 정말 딴짓에 불과하다. 딴짓을 시대 흐름에 맞춰 가다듬고, 변용할 때 비로소 딴짓은 새로운 기회로 진화하게 된다.

딴짓은 계속 진화하고 있다

나의 부캐 금진방은 먹방계에 최적화한 캐릭터다. 음식 콘텐츠에 끌려온 팔로워들이 이제는 다수를 차지하고, 또 그런 콘텐츠를 보기 위해 사람들이 모여드는 것도 사실이다. 다만 너무 한쪽 이미지에 치우치는 것 같아 아쉽다. 어떤 형태의 콘텐츠든 한 자리에 머물려고 하면 도태하기 마련이다. 새로운 변화가 없다면 더는 주목을 받지도 못한다. SNS의 가장 근원에 있는 에너지원은 '관종력'이다. 관심이 흩어지는 순간 SNS에 기반을 둔 부캐 금진방은 금세 대중에게 잊힐 것이다.

금진방이 기존에 구축한 캐릭터로 출판, 강연, 구독형 서비스까지 영역을 확장해나갔으니, 이제는 콘텐츠가 변해야 할 시기라고 생각한다. 그러려면 새로운 딴짓이 필요하다. 지금 계획하고 있는 딴짓은 예술이다. 중국에는 수많은 예술 자원이 있다. 아직은 안타깝게도 혐중 정서에 가려져 귀중한 자산이 드러나지 못하고 있다. 중국의 미술품 경매 규모는 2019년에 이미 미국을 넘어서 세계 1위에 올라섰다. 앞서 중국 음식으로 중국에 대한 선입견을 깼다면 이번에는 중국의 예술로 편견의 벽을 쓰러뜨려 보고 싶다. 중국의 현대미술 작가들은 이미 세계 미술 시장에서 자리를 잡았다. 그들의 작품을 수집하려는 컬렉터들이 줄을 서고 있다. 베이징에는 이런 작가들이 신인 때부터 활동하던 예술 구(區)가 있다. 두 번째 베이징 특파원 임기 동안 중국의 미술계를 샅샅이 뒤져볼 계획이다. 우선은 작가들을 만나 교류하고, 작업실과 갤러리, 미술관에 대해 글을 쓸 예정이다. 거기에 이런 공간의 스케치도 곁들여 콘텐츠를 제작해볼까 한다.

맛 기행이 나에게 제2의 인생을 선사해준 것처럼 예술 기행 역시 나에게 새로운 인생을 안겨주지 않을까. 물론 이 여정이 나에게 어떤 선물을 가져다줄지는 아직 알 수 없다. 다만 지금껏 의미 없어 보였던 딴짓이 내 삶에 새로운 활력을 불어넣어 주었듯 이번 여정도 나에게 새로운 기회를 제공해줄 것이다.

내가 페이스북을 떠나지 않는 이유

다른 SNS도 하고 있지만, 처음 '인기'를 얻은 게 페이스북이라 그런지 가장 애정이 깊은 채널이다. 무엇보다 내 콘텐츠는 텍스트가 기반이라 페이스북에 최적화되어 있다. 낀 세대인 우리 또래들(3, 40대)이 가장 많이 모이는 곳이기도 해서 공감도 많이 되고, 또 위안을 받기도 한다. SNS계 탑골공원이라고 불린다는데 나에게는 정겨운 고향 같은 곳이다.

또 페이스북은 나에게 마음의 평안을 가져다준 공간이기도 하다. 페이스북을 본격적으로 한 것은 특파원으로 외국에서 지낼 때였다. 타지에서 외롭기도 했고 일이 무척 힘들어 무언가 탈출구가 필요했다. 페이스북에 가보니 직업도, 나이도, 성별도 크게 중요하지 않았다. 더불어 현실의 나와는 완전히 다른 존재를 가상의 공간에 만들어보고 싶다는 동기도 있었다.

이제 페이스북은 SNS 활동이라기보다는

연합뉴스 기자 **김진방**

내 삶의 습관이 된 것 같다. 무슨 일이 있으면 페이스북에 알리고, 서로 희로애락을 공유하는 오랜 친구 같은 공간이 되었으니까. 요즘은 초반처럼 많은 글을 올리진 않지만, 심심할 때 페친들의 일상을 둘러본다든가 친한 페친들과 연락을 하는 용도로 사용한다.

초기에는 나도 SNS가 현실 세계와 분리돼 있다고 생각했다. 하지만 SNS를 통해서 일을 하기도 하고, 사람을 만나기도 하면서 느낀 것은 이곳도 현실 세계와 비슷하다는 점이다. SNS는 인생의 낭비라는 퍼거슨 감독의 말이 맞는 부분도 있지만 어떻게 활용하느냐에 따라 삶이 더 풍요로워질 수도 있다고 생각한다.

무엇보다 부캐인 금진방이 탄생한 곳이 페이스북이기 때문에 페이스북을 떠날 수는 없을 것 같다. 부캐인 금진방이 본캐인 김진방 기자보다 더 바쁘다. 책도 써야지, 강연도 해야지, 방송도 출연해야지. 내 인생에서 이런 친구를 만들어준 페이스북에 늘 감사하다.

녹색광선(출판사) 대표

박소정

숙명여자대학교에서 국문학을 전공했다. 서울에서 태어났고, 현재는 출판사 '녹색광선'에서 애서가를 위한 책들을 만들고 있다.

한마디 소개 문학과 예술은 내 삶에 있어 가장 중요한 '매혹'

출판사 이름은 영화 〈녹색광선〉에서 따온 것으로 영화 속 주인공은 남들보다 예민한 감수성의 소유자다. 애서가들 또한 이와 비슷한 구석이 있다. 남다른 감수성을 지닌 그들은 어느 날 자신에게 예고 없이 다가올 아주 특별한 책을 기다리는 존재다. 나는 그런 독자들을 만족시킬 수 있는 책들을 지속적으로 발간할 계획이다.

5

———

고전이
지루하다고요?
오래된 것을 힙하게
소개하는 법

거미줄처럼 퍼진 딴짓을 하나로 엮은 예비 창업자

출판사에 근무한 적이 없습니다

"녹색광선을 창업하기 전에 어느 출판사에서 일하셨나요?"

출판사 창업 이후 가장 많이 받았던 질문이다.

결론부터 얘기하자면, 나는 출판사를 창업하기 전 어느 출판사에서도 일한 적이 없다. 나는 10년 이상을 일반 기업에서 인사 담당자로 재직했다. 특이 사항이 있다면, 다니던 직장에서 '문학 덕후'로 불렸다는 것 정도일까.

'직원들에게 책 권하기'는 인사·교육을 담당했던 내 업무 중 하나였는데, 직원들이 "어떤 책을 읽으면 좋을까요?"라고 물어올 때마다 적극 추천했던 책들은 대부분 자기계발서가 아닌 문학작품이었다.

이 시기에 자주 추천했던 책은 에밀 아자르(로맹 가리)의 《자기 앞의 생》이나 아고타 크리스토프의 《존재의 세 가지 거짓말》, 밀란 쿤데라의 《농담》, 헤르만 헤세의 《황야의 이리》 같은 작품들이었다. 이 소설들은 한목소리로 '삶은 아이러니로 가득 찬 것'이라고 이야기했고, 좋은 문학작품을 읽으며 느꼈던 공감의 정서들을 타인에게도 꼭 경험하게 해 주고 싶었다. 그것이 다양한 상황에 놓이게 되는 직장인에게 진정으로 필요한 마음의 양식이라 믿었으니까.

나중에는 본업보다 '문학 책 권하기'에 더 열중하게 되어, 상사로부터 '소설 좀 그만 읽는 건 어떨까?'라는 질책을 듣기도 했다.

이 시기, 직원들이 이구동성으로 내게 했던 이야기가 있었다. "과장님이 추천하는 책은 어쩐지 당장 사야만 할 것 같다."는 말, "추천해 주신 책이 깊이가 있다."는 말들이 그것이었다. 그건 내가 신간보다는 주로 우리 시대의 고전이라 불릴 만한 책들을 추천했기 때문일 것이다. 때론 직원들로부터 추천해서 읽은 책이 어떠했는지에 관한 감상을 적은 손편지나 이메일을 받기도 했는데, 그건 10여 년간의 직장 생활 중 가장 보람 있었던 순간이었다.

내가 몸담았던 회사는 소위 말하는 안정적인 직장이었고, 동료들과의 관계 또한 나쁘지 않았다. 하지만 연차가 쌓여갈수록 내게 주어진 업무에 회의감이 들었고, 그럴수록 나는 문학이 내게 내려진 유일한 구원의 동아줄이라도 되는 양 책 읽기에 더욱 매진했다. 공직에서 물러난 후 끝내 현실 정치에 등용되지 못했던 마키아벨리는 밤마다 가장 좋은 옷을 꺼내 입고 경건한 마음으로 책을 읽었다고 한다. 그 시기의 내 책 읽기 또한 현실을 잠시 잊게 만들어 준 경건한 의식과도 같은 것이었다. '인간이란 무엇이고 앞으로 어떤 삶을 살아야 할까?'라는 근본적이고 철학적인 질문도 이 시기에 해보기 시작했다. 업무적인 매너리즘에 빠진 상황이 삶에 대해 진지하게 생각해 보도록 만들었던 것이다.

직장 생활 막바지에 이르러서는 세상이 늘 계획대로, 노력대로 돌아가지는 않는다는 걸 인정할 수밖에 없었다. 빈속에 쓰디쓴 커피를 들이킨 듯 마음이 쓰라리고 입맛이 쓴 나날들이 이어졌다. '문학이나 철학에서 해답을 찾을 수 있지 않을까?'라고 생각하면서 마치 도피처를 찾듯 퇴근 후 니체 강독 모임에 나가거나 시 낭독 모임을 찾기도 했다. 이상과 현실의 간극을 메꾸고자 애썼던 시절이었다.

내게 가장 필요한 것, 삶과 같이 가는 일

해야 하는 일과 하고 싶은 일 사이에서 더 이상 버틸 수 없게 되었을 즈음, 회사를 그만둬야겠다는 결심을 굳혔다. 사람이 어떤 일을 평생 하기 위해서는 미치도록 좋아서 몰입할 수 있는 일을 해야 한다고 생각하니 퇴사를 더 미룰 이유가 없었다. 인생 2막을 행복하게 보내기 위해 가장 중요한 것은 '삶과 같이 가는 일'을 찾는 것이리라. 그래서 마치 예정되어 있었던 것처럼 내 삶과 가장 가까이 있다고 생각되는 '책'과 관련한 일을 하기로 마음먹었다. 지금 생각해 보면 꼭 회사 일에 염증을 느끼던 그때가 아니었더라도 언젠가는 불거질 욕망이 아니었을까?

처음엔 서점 창업을 생각했다. 내가 추천한 책을 직원들이 선뜻 구매했던 경험을 떠올리니 영업은 잘할 자신이 있었다. 적금도 모아뒀고, 퇴직금을 받아 반년 정도 준비하면 서점을 창업할 수 있겠다는 계산이 있었다. 내가 퇴직을 생각하던 2016년은 한창 서점 창업 붐이 일던 시기였다. 그래서 당시 잘나가던 서점인 '북바이북'에서 매주 창업 수업을 듣기도 하고, 인터넷을 통해 이리저리 정보를 모아보기도 했지만… 결국은 창업을 포기했다.

서점 창업을 접게 된 결정적인 이유는 서점 주인이 되는 순간 대부분의 시간을 서점 안에만 머물러야 한다는 걸 알게 되었기 때문이다. 책과 관련된 일을 하고 싶은 욕망은 컸지만, 오랫동안 일터와 집만 오가던 내근직의 생활 패턴을 남은 인생까지 이어나가고 싶진 않았다. 나는 차분한 성품을 가진 편이지만 외부 활동 없이 한 공간에만 오래 머물러 있으면 답답함을 느끼곤 하는 아이러니한 성격의 소유자다.

가슴속에서 슬그머니 이런 생각이 고개를 들기 시작했다.

'그렇다면, 내가 정식으로 출판사를 창업해서 책을 직접 만들어볼까?'

출판사를 운영한다는 것은 출판사의 규모가 아무리 작다 해도 '경영'인 것이고, 시간이 좀 걸리더라도 프로페셔널하게 준비해서 창업해야겠다고 마음을 굳게 먹었다.

녹색광선(출판사) 대표 **박소정**

아울러 직장 생활 내내 마음껏 누리지 못했던 휴식의 시간 또한 절실했다. 창업을 결심한 2016년 가을, 나는 마침내 회사에 사직서를 제출했다.

딴짓의 시작, 디자인 공방을 찾아가다

십 년 넘게 했던 회사 생활을 그만둔 첫날, 그때의 기분이란…. 늘 그랬던 것처럼 아침 6시에 눈을 떴는데 출근 준비를 하지 않아도 된다는 사실이 정말 어색하고 낯설었다. 실컷 게으름을 피워보려 했건만 결국 이불을 박차고 일어나서 외출 준비를 하고는 오전 아홉 시에 연트럴파크를 산책했던 것이 기억난다. 연남동을 천천히 걸으며 생각했다. 이제 시간은 무한정으로 주어졌고, 이 시간을 어떻게 운용하느냐에 따라 앞으로의 삶이 결정되겠구나. 자유에는 책임이 따르는 법이다. 무엇이든 다 해보는 자유와 아무것도 하지 않아도 되는 자유 중에서 나는 전자를 택하기로 했다.

퇴사하자마자 바로 창업과 관련된 활동을 시작하진

않았다. 대신 지금까지 해본 적 없는 새로운 활동들을 시작했다. 제일 먼저 내가 등록한 수업은 '그래픽 디자인' 관련 수업이었다.

출판사 창업과 디자인 수업이 무슨 관계가 있냐고? 내 생각엔 어떤 일을 하든, 디자인 감각을 키우는 것은 창업에 플러스 요인이 된다. 물론 감각이라는 게 하루아침에 키워지는 건 아닐 것이다. 하지만 디자인 툴을 다룰 줄 아는 것과 모르는 것은 분명 차이가 있다. 내가 원하는 북디자인을 의뢰하기 위해서는 디자이너의 언어로 접근해야 정확한 소통을 할 수 있을 테니 말이다. 나는 일러스트레이션, 포토샵, 인디자인 툴을 기초적으로 다룰 수 있는 수준에 도달하는 것을 목표로 삼았다.

학원을 다니며 배우는 것은 적성에 맞지 않아서 놀이를 하듯 배울 수 있는 방식을 찾기로 했다. 한참을 인터넷을 뒤져 내가 원하는 방식의 수업을 해 줄 수 있을 만한 곳을 찾았다! 정릉에 있는 패턴 디자인(종이나 원단에 일정한 형태를 찍어내는 디자인) 공방 '무늬 상점'이라는 곳이었다. 바로 공방으로 전화를 걸었다.

"1대 1 방식으로 수업을 해주실 수 있을까요? 그리고 주 1회 아침 9시에 수업을 하고 싶어요."

선생님—당시 20대셨지만 나에겐 영원한 선생님이다—께서는 왜 하필 아침 9시에 수업을 받길 원하는지 의아해 하셨다. 거기엔 나름의 이유가 있었다. 오랜 직장 생활로 아침 루틴이 이미 다져진 상태라 그 감각을 쭉 유지하고 싶었기 때문이다.

여행지에 가서 아침 일찍 일어나 사람 없는 거리를 산책할 때면 뭔가 시간을 공짜로 얻은 것 같은 기분이 든다. 하루를 길게 쓰기 위해 가장 기본적인 건 역시 아침을 일찍 시작하는 것이다. 이 사실을 경험을 통해 알고 있기 때문에 늦잠으로 하루의 시작이 늦어질 때면 종일 자책 모드로 스스로를 질책하게 된다. 사람은 강제적인 스케줄이 있어야 몸이 그 루틴에 맞춰지는 법. 그렇게 하루 루틴을 위해 시작했던 공방 수업은 무려 2년간 이어졌다. 첫 달의 수업에선 일러스트나 포토샵의 가장 쉬운 툴을 사용해 노트와 봉투를 만들어보는 것부터 시작했다. 차근차근 쉽게 설명해 주시는 선생님의 지도를 따라가다 보니, 어라, 정말 뭔가가 만들어지는 거다! 손으로 그린 그림에 일러스트 툴을 사용하여 두 시간 만에 노트 하나를 만들었다. 내 손으로 실체가 있는 사물을 만들어낸다는 기쁨은 상상 이상이었다. 게다가 선생님은, 서툰 제자에게 늘 칭찬을 아낌없이 퍼붓는 타입이었다. 나는 조금 으쓱해져서는 이런 생각까지 했다.

'혹시 나, 디자인 천재 아닐까?'

디자인 수업은 정말 재미있었고, 나는 다시 학생으로 돌아간 기분이 되어 매주 무언가를 내 손으로 만들어 냈다. 일 년 정도 지나자, 소상공인분들의 의뢰를 받아 식료품 라벨이나 명함 정도는 만들 수 있는 수준으로 올라섰다. 이 기간 동안은 출판 창업과 관련된 준비는 거의 하지 않았지만, 지나고 보니 이 기간을 통해 습득한 디자인 툴의 기초 기술은 출판사를 꾸려가는 데 있어서 큰 힘이 되고 있다.

낯설게 그은 선이 표지가 되다

직장인으로 일하는 기간 동안, 예술에 대한 갈증이 늘 있었다. 전시회를 통해 그 갈증을 얼마간 해소하기는 했지만, 예술적인 활동을 직접 해보고 싶다는 생각에 사로잡혔다. 그래서 인사동의 한 갤러리에서 진행되는 누드

크로키 수업에 등록했다. 일 년 반 넘게 목요일 저녁마다 인사동에 나가서 그림을 그렸다.

크로키는 3분이라는 짧은 시간 동안 피사체의 움직임을 포착해서 하나의 작품을 완성해야 한다. 순간 포착의 감각을 길러주고, 시간을 많이 투자하지 않아도 그림 하나를 뚝딱 완성시킬 수 있다는 점에서 성취감을 높여주는 활동이기도 했다. 갤러리에서는 단순히 그림을 그리는 데서 그치지 않고, 6개월에 한 번씩 전시회를 연다. 전시회를 통해 내가 그린 그림이 사람들에게 보여지는 경험, 일상에서 소소하게나마 예술을 실천한다는 생각은 오랜 직장 생활로 굳어버린 내 감각을 조금씩 깨워 주었다.

크로키 수업이 훗날 출판 창업과 연결될 거라곤 전혀 생각하지 못했는데, 결과적으로는 엄청난 도움이 되었다. 첫 책 《미지의 걸작》의 표지 디자인의 애초 계획은 기성 작가의 일러스트를 구매하는 것이었다. 그런데 이상하게도 눈에 차는 그림이 없는 것이다. 몇 날 며칠을 뒤져도 직관적으로 '이거다!' 싶은 일러스트를 발견하지 못했다.

어느 날, 그냥 마음 가는 대로 일러스트를 직접 그려 보았다. 선 몇 개로 완성한 그림은 느낌이 좋았다. 누드 크로키 수업을 통해 '많이' 그려봤기에 '그린다는 것'에 대한 두려움이 어느새 사라졌던 것이다.

그렇게 휴식과 딴짓을 병행하며 시간을 보내다가 이제 본격적으로 출판 창업을 준비해보자는 생각이 들었을 때 비로소 나는 본격적인 출판과 관련된 준비를 시작했다.

오래된 거장과의 첫 작업

한 해 출간되는 책의 종수가 약 8만 종이나 된다는 사실은 출판사를 준비하면서 알게 되었다. 어마어마한 책의 홍수 속에서 독자들에게 확실하게 각인되기 위해서 가장 중요한 것은 '출판사 고유의 아이덴티티'라고 생각한다. 출판사 대표의 성향이 그 브랜드의 색깔을 결정하게 되는 것이다.

가장 먼저 결정한 것은 '출판사 이름'이었다. 이름부터 무언가 특별해야 한다고 생각했고, 여러 이름을 두고 고심하던 중, 예전부터 좋아하던 에릭 로메르의 〈녹색광선〉이라는 영화를 떠올리게 되었다. 녹색광선은 해 질 무렵 드물게 볼 수 있는 자연현상인데, 그 '드물다'는 점이 회사의 아이덴티티를 대변해주는 것 같았다.

'그래, 실제로 영화 주인공은 영화가 끝날 때까지 이 흔치 않은 현상을 무척이나 만나고 싶어 했지. 마치 독자들이 흔하지 않은 책을 기다리고 만나고 싶어 하는 것처럼.'

나 또한 내 마음에 쏙 드는 특별한 책을 꿈꾸는 독자였다. 엄밀히 말해 시중에는 내가 원하는 모든 것을 다 갖춘 책을 찾기가 어려웠다. 내용과 디자인이 완벽하게 조화된, 나의 취향이 고스란히 반영된 꿈의 책. '녹색광선'이라는 회사 네이밍은 소외된 취향을 대변해주는 것처럼 느껴졌다. '좀 독특하긴 하지만 회사 이름을 '녹색광선'으로 정하자!'

지인들은 처음에 '녹색광선'이라는 이름을 듣더니 의아한 표정을 지으며 "과학책 전문 출판사야?"라고 물었다. 제다이의 검이 연상된다나? 하지만 로메르의 영화를 좋아하고 문화원에서 영화를 보던 비슷한 취향의 사람들은 '녹색광선'이라는 이름을 입 밖에 내는 순간 바로 '에릭 로메르?'라고 알아봐 주곤 했다. 덕분에 이 영화를 아는 분들을 만나면 대화의 물꼬를 트기가 보다 수월했다. 녹색광선을 모르는 사람에겐 네이밍의 의미를 설명하며

고전이 지루하다고요? 오래된 것을 힙하게 소개하는 법

관심을 유도하기도 했으니 이 독특한 회사 이름은 여러모로 브랜드의 성격을 설명하는 데 도움이 되었다.

출판사 이름도 결정했으니, 이젠 가장 중요한 것을 결정해야 했다. 그건 다름 아닌 '첫 책'이다. 출판사에게 있어서 첫 책의 의미는 정말 특별하다. 첫 책은 그 출판사의 스타일을 보여주는 자원이며, 출판사의 철학을 담고 있는 상징물과도 같기 때문이다. 투지가 불타올랐다. '내 출판사가 추구하고 나아갈 방향을 보여줄 수 있는 대단한 원고는 어디에 있을까?'

하지만 현실적인 문제들도 분명 존재했다. 퇴직금을 밑천으로 사업을 시작하려는 시기에 판권으로 큰돈을 베팅하는 것은 시기상조라고 생각했다. 고민 끝에 저작권 문제에서 자유로운, 고전 중에서 원고를 찾는 것이 좋겠다는 결론에 다다랐다.

'긴 시간을 견뎌낸 고전만큼 퀄리티가 확실한 원고가 또 어디 있겠어.'

내가 좋아하고 주변 사람들에게도 진심으로 추천한 책들도 대부분 고전이었다. 게다가 고전을 통해 그 시대의 거장 작가들과—지금은 다들 하늘나라에 계시긴 하지만—작업할 수 있다는 사실은 나를 엄청나게 설레게

했다.

하지만 이미 시중에 나와 있는 수많은 고전들! 기존의 쟁쟁한 고전들과 경쟁하기 위해서는 확실하게 차별화되는 원고가 필요했다.

'거장의 원고로 작업하되, 잘 알려지지 않은 걸작을 발굴해 보자!'

마치 고고학자가 되어 미지의 유물을 발굴하는 심정이라고 할까? 노심초사한 끝에 첫 책으로 선정한 작품은 바로 오노레 드 발자크의 《미지의 걸작》이었다. 궁극의 예술에 도달하려던 화가가 결국은 파멸하고 마는 이야기이다. 이 책의 제목인 《미지의 걸작》은 그대로 근대 고전시리즈의 콘셉트가 되었다.

'원고 2~3개를 준비하고 출판을 시작하라'는 주변의 조언에 따라 첫 원고 확정 후 바로 두 번째 원고를 찾아 헤매기 시작했다. 수많은 매체에서 추천한 국내외 고전 리스트들을 검토하다가, 〈르몽드〉에서 선정한 필독서 100권 리스트에서 슈테판 츠바이크의 《감정의 혼란》을 발견했다. 때를 잘못 만난 작품이라는 생각이 들었다. 남성 간의 사랑이 다뤄진 작품이고 출간 당시(1926년)에는 파격적이었지만 현대의 기준으로 보면 오히려 감정 표현이 절제된 작품이었다. 그 시기의 독자보다 요즘 독자들이 더 선호할 거라는 확신이 왔다.

고전이 대체로 재미없고 딱딱하다는 편견을 깰 만큼 두 작품 모두 모던함과 재미를 갖추고 있었고, 어찌 보면 파격적이기까지 했다. 두 작품 모두 200페이지 내외의 책을 만들 수 있을 정도의 분량이었기에, 고전은 길고 지루하다는 선입견도 깨줄 수 있을 것 같았다. 거장들은 길지 않은 작품들을 통해서도 함축적으로 예술성을 드러낸다는 사실을 책 작업을 하면서 알게 되었다.

읽고 싶은 책을 넘어, 갖고 싶은 책

영화 〈친절한 금자씨〉에서 금자 씨가 복수를 위한 총을 제작한 뒤 이렇게 말한다.

"뭐든 예뻐야 해."

이 단순한 문장은 내가 책을 만들면서 늘 명심하고 구현해내려 하는 철학이기도 하다. 콘텐츠 매개체는 책이 아니어도 수없이 많다. 내 출판사의 책이 차별화되려면 단순히 읽는 행위를 넘어서 소장 욕구를 불러일으킬 만큼, 책의 장정(裝幀)만이 줄 수 있는 '예쁨'이 반드시 있어야 한다고 생각했다.

특별한 북 디자인을 출판사의 아이덴티티로 확보하기 위해서 조금 더 정교한 노력이 필요한 시점이 도래했다. 나는 또 새로운 클래스를 등록했다. 현직 디자이너가 진행하는 타이포그래피 수업 8주 과정이었다. 타이포그래피는 편집 디자인에서 활자의 서체나 글자 배치 따위를 구성하고 표현하는 것을 뜻한다.

수업을 들으러 오는 친구들은 대부분 20대 디자인 전공자들이었다. 전공자도 아니고, 20대도 아닌 내가 어린 친구들 틈바구니에서 수업을 듣고 과제를 제출하는 건 때로는 스트레스를 유발하는 일이기도 했다. 출판 창업을 하는데 디자이너도 아니면서 굳이 타이포그래피까지 배울 필요가 있느냐고 생각하는 사람들도 많았다. 하지만 내 생각은 달랐다. 타이포그래피는 북 디자인에서 가장 중요한 요소 중 하나임과 동시에, 세련됨과 촌스러움을 결정하는 결정적인 요인이기도 하다. 우리가 어떤 책 표지에서 뭔지 모를 세련됨을 느낀다면, 그건 타이포그래피의 힘이 제대로 작동했을 확률이 높다.

8주간의 지옥 훈련을 마치고 나니 폰트며 배치에 관해 비로소 감을 잡을 수 있었다. 북 디자이너와 구체적인 폰트와 배치에 대해 적극적으로 논할 수 있는 수준이 되어 내가 생각하는 책의 이미지를 구현해내는 데 훨씬 가까워진 기분이었다.

이후로는 책 제작과 관련된 각종 조건들을 공부하고 준비했다. 관련 인터넷 카페에서 자료를 수집하며 본격적인 제작 준비에 들어갔다. 그 와중에 천운이 따랐는지 사석에서 모 출판사 주간님과 인사를 나누게 되었고, 믿을 만한 인쇄소와 지업사를 소개받으며 어느덧 창업의 꿈도 바짝 현실로 다가왔다.

고전과 독자를 인사시키는 방법

홍보는 대부분의 작은 출판사에서 가장 어렵게 느끼는 부분이다. 큰 비용을 들여 홍보를 진행할 수 있는 처지가 아니니 말이다. 많은 출판사들이 출간 직후 언론사에 책을 돌려 홍보하지만, 어찌 보면 그러한 홍보 방식은 비용 대비 효율성이 떨어진다. 언론사 기자의 입장이 되어 생각해 보면, 하루에도 수없이 밀려오는 신간의 홍수 속에서 콕 집어 우리 책을 선정해 줄 확률은 현실적으로 높지 않다. 책을 잘 만들었다 할지라도 알리지 못하면 무슨 소용이람.

이런 상황을 타계해 줄 구세주는 의외의 장소에서 나타났다. 바로 나의 개인 페이스북. 처음부터 홍보를 목적으로 페이스북을 시작했던 것은 아니다. 내 페이스북은 여느 사람들이 그렇듯 특별한 목적 없이 개인적인 사진이나 일상 이야기를 업로드하는 공간이었다. 그런데 어느새 책이 출간되기 전부터 습관처럼 페이스북에서 작가와 작품에 관한 이야기를 들려주고 있는 나를 발견하게 됐다. 마치 회사원 시절에 그랬던 것처럼 말이다.

제아무리 제작에 공을 들인다 한들 판매의 세계는 냉정하다. 심지어 페이스북 인플루언서가 책을 낸다고 해도 생각만큼 반응이 없는 경우도 많다. 내 생각엔 독자가 그 책을 사지 않으면 안되는 이유를 잠재 독자에게 먼저 제시하지 못했기 때문이다. 페이스북은 어떤 책을 소장해야만 하는 이유를 독자들에게 미리 건네 반응을 보는 리트머스 시험지와 같은 곳이었다. 아무래도 비슷한 성향을 가진 사람들이 알고리즘으로 묶여 있으니, 여기서 반응이 있으면 시장 반응도 나쁘지 않을 거라는 확신이 있었다. 긍정적인 반응을 확인하는 지표는 '좋아요'가 아니라 적극적인 의견이 개진되는 댓글 창이었다.

작가의 생애와 작품에 얽힌 비하인드 스토리는 그 작품을 더욱 입체적으로 이해할 수 있도록 해준다. 첫 책 《미지의 걸작》의 작가 발자크의 생애는 그의 소설만큼이나 극적이어서, 관련된 내용을 올릴 때마다 관심을 가져주시는 분들이 꽤 많았다. 예를 들면 이런 것이다. 부채를 갚기 위해 엄청난 양의 글을 써야 했던 발자크는 책 한 권이 나올 때까지 매일 극단적으로 잠을 줄이며 글을 썼고, 살인적인 스케줄을 감당하기 위해 하루에 마신 커피가 수십 잔(심할 때는 40잔!)이었다고 한다. 글을 쓰는 분들은 물론이고 커피에 의지해서 하루하루를 넘기는 수많은 직장인들에게 와닿을 만한 에피소드다. 이 내용을 페이스북에 올리자 하루에 마실 수 있는 적정량의 커피에 대한 다양한 의견들이 댓글로 달렸다. 내가 마치 발자크의 페이스북 대변인이 된 것 같은 기분으로 모든 댓글에 답글을 달았다. 이런 활동이 일이라는 생각은 들지 않았다. 오히려 일종의 놀이처럼 느껴졌다. 워낙 재치 있는 댓글을 다는 분들이 많았기 때문이다. ("커피를 그렇게 많이 마시면 위가 '발작'한다"는 댓글을 단 분이 기억난다.)

《감정의 혼란》은 출간 두 달 전쯤 작가 슈테판 츠바이크의 유서를 페이스북에 업로드하며 홍보를 시작했다. 그가 왜 죽음을 선택할 수밖에 없었는지, 죽은 순간까지 품격을 잃지 않았던 이유가 무엇인지에 관한 글을 함께 올렸고, 그의 유서가 남긴 진한 여운은 분명 그 글을 읽은 많은 분들이 《감정의 혼란》이란 작품을 구매하게 한 원동력이 되었다고 생각한다.

결과적으로 《미지의 걸작》과 《감정의 혼란》은 출간된 지 1년이 채 되기 전에 3, 4쇄를 찍어 목표를 달성하고도 남는 성과를 냈다. 책 한 권을 내고 폐업하는 출판사들도 많다는데, 운이 좋게도 첫 작업 결과에 오히려 탄력을 받아 다음 책의 출간 준비도 서두르게 되었다.

세 번째 책인 푸시킨의 《눈보라》는 페이스북을 통해 기획되어 세상에 나온 책이라고 할 수 있다. 페이스북을 통해 적극적으로 소통해주시는 독자분들 중 한 분께서 댓글로 '푸시킨의 눈보라라는 작품을 알고 계신가요? 녹색광선의 색깔과 정말 잘 어울리는 작품입니다'라는 말씀을 해주셨는데, 바로 원고 검토 후 출간까지 이어지게 된 것이다.

    크리스마스 전후 출간 예정인 《눈보라》 홍보를 위해, 나는 롯데 백화점에 은밀히 감춰져 있다는 작가 '푸시킨'의 동상을 찾아 그 사진을 페이스북에 업로드하며 홍보를 시작했다. 서울 한복판에 러시아에서 가장 사랑받는 작가의 동상이 왜 세워지게 되었는지 모두가 궁금해 했고, 나는 그 순간 능숙한 이야기꾼이 되어 푸시킨 동상이 한국까지 오게 된 이유를 독자들에게 설명하고 있었다.

뒤라스 삼국지? 그럼 난 유비겠지?

    마르그리트 뒤라스의 《타키니아의 작은 말들》을 출간하려고 준비하던 중 우연히도 국내 굴지의 출판사들 또한 뒤라스의 다른 작품들을 출간한다는 것을 알게 됐다. 무려 네 군데의 출판사가 뒤라스의 작품을 비슷한 시기에 출간하게 된 것이다. 그래서 이 상황을 페북에 업로드하며 이를 '뒤라스 삼국지'라고 명명하여 홍보했다. 그리고 스스로 유비라고 칭했는데(제일 세력이 미약하니까), 엄청난

녹색광선(출판사) 대표 박소정

'웃겨요'를 받았다. 주로 내가 유비라는 것을 동조하지 않는 분위기. 유비가 아니라 측천무후 아니냐는 분들도 계셨다.

어쩌면 수많은 독자분들께서는 정말 삼국지를 보는 심정으로 각 출판사에서 진행하는 '뒤라스 대전'의 결과를 기다리셨을지도 모른다. 기대 이상의 판매, 작품성에 대한 극찬은 내가 출판을 아주 오랫동안 지속할 수 있겠다는 확신을 처음으로 심어주었다. 매일매일 페북과 인스타에 올라오는 후기와 반응들. 소설에 나오는 술인 캄파리를 사진으로 인증하는 독자님들. 눈뜨면 새로이 업데이트된 후기들을 확인하며 행복감에 젖어 드는 날들이 한동안 계속되었다.

페이스북을 책 홍보의 용도로만 이용하는 것은 아니다. 이곳에서 나는 협업할 분들을 만나기도 했다. 피츠제럴드의 《행복의 나락》이란 작품은 페이스북에서 오래 보아온 역자 선생님(조이스 박)과의 신뢰를 바탕으로 시작하게 되었다. 다음 작품인 《빛 속으로》의 역자 선생님(김석희) 또한 페이스북이 다리를 놓아준 경우다. 이분들과 긴밀하게 작업하는 것이 가능했던 건 이미 페이스북을 통해 선생님들과의 친밀도가 높아진 상태였기 때문이다. 덕분에 작업 내내 편하게 의견을 주고받을 수 있었다.

《행복의 나락》을 출간하고 마법 같은 일을 경험했다. 모 북클럽에서 한 쇄 분에 해당하는 대량 주문이 들어온 것! 그 기쁨을 추스르지 못하고 날것 그대로의 기분을 페이스북에 올렸고, 엄청난 축하 세례를 받았다. 기쁨도, 걱정도, 응원도⋯. 일을 하며 느끼는 수많은 감정들이 페이스북을 통해 공유되곤 했다.

《빛 속으로》는 숨겨진 걸작을 발굴한다는 출판사의 취지에 딱 맞는 기획을 통해 탄생하게 된 작품이다. 정치적 이유로 거의 잊힌 근대 한국 작가 '김사량'을 현대에 되살려 놓고 싶었다. 이 기획은 정말 많은 분들의 관심을 받았고, 역자 선생님과 페이스북으로 작가와 작품에 관해 릴레이 연재를 하며 출간일까지 텐션을 끌어올렸다. 주변에서는 의미 있는 일을 했다는 칭찬을 많이들 해주셨는데, 한 분이라도 더 김사량이라는 작가를 알게 되었다면 더 바랄 것이 없다고 생각한다. 잊힌 작가를 현대에 되살려오는 기획은 앞으로도 지속될 것이다.

독자와 소통하는 또 하나의 사무실

오랫동안 회사원으로 동료들과 같은 공간에서 일하다가 이젠 사무실에서 혼자 일하게 되니 비로소 마음의 평화가 찾아왔다. 혼자 일하는 건 나의 적성에 잘 맞는다. 출판 기획의 많은 부분이 혼자 사색하던 중에 떠오르기 때문이다. 그럼에도 가끔은 동료들과의 커피 한 잔의 수다가 그리운 날들도 있는데, 그럴 때면 슬그머니 페이스북에 접속한다. 한 손에 커피잔을 들고. 실제로 티타임을 하는 것과 똑같이.

업무 관련 포스팅과 개인적인 포스팅을 함께 올려 일과 일상을 공유하며 댓글을 나누다 보면 마치 타 부서의 동료들과 대화를 나누는 기분이 든다. 가상공간이라 이미 물리적 거리가 확보된 채로 어느 정도 예를 갖추고 대화하다 보니 오히려 실제 티타임보다 더 마음이 편하다.

하지만 여전히 내 페이스북의 콘텐츠 대부분은 한 권의 책을 만드는 과정을 기획부터 제작까지 전부 보여주는 것으로 채워진다. 책을 만드는 과정을 페이스북에 공유할 때는 미완성 상태에서 의견을 구하기보다, '이렇게 완성될 예정이니 독자 여러분은 저를 믿고 기대해 주세요'라는 기조를 유지하는 편이다. 그것이 편집자가 독자에게 신뢰를 주는 방법이라고 생각하기 때문이다. 한마디로 이 작품을 선택한 나의 안목을 믿어 보시라는 뜻이랄까? 최고 작가의 작품, 소장 가치 있는 디자인, 무국적(無國籍)성. 이것이 독자에게 제시한 녹색광선 출판사의 방향성이다. 이런 모든 과정을 거쳐 완성된 작품과 표지 등을 처음으로 공개하는 포스팅은 시사회나 쇼케이스를 여는 기분과 흡사하다. 그날은 출간을 기다려 온 독자들에게 첫 선을 보이는 날이라, 어느 때보다 공들여 포스팅을 작성해 올리곤 한다. 페이스북은 개인적인 공간이기도 하지만 독자들과 소통하는 창구로서도 큰 의미가 있는 나의 또 다른 사무실인 셈이다.

막연한 환상을 실현시키는 것은 자신의 의지이기도 하지만, 타인의 격려이기도 하다. 독자의 격려는 편집자에겐 영양제와도 같아서, 마음의 상태를 끌어올려준다. 출간을 준비하다 보면 늘 불확실성이라는 암초를 만나게 되고, 두려움과 조바심, 초조함으로 마음이 어지러울 때가 있다. 그럴수록 차분하게 현재의 진행 상황을 업로드하며 스스로 마음을 가다듬는다. SNS 시대의 새로운 마음 챙김 수련 같다는 생각은 너무 지나친 걸까?

포스팅을 올리자마자 이어지는, 기다림을 담은 격려의 댓글들, 이 격려들 덕분에 나는 지치지 않고 나아갈 수 있다. 창업부터 출간까지, 녹색광선의 성장 드라마가 언제까지 계속될지 알 수 없지만, 최대한 이어질 수 있도록 노력하고 싶다. 새로운 걸작을 발견하는 기쁨을 독자이자 동료인 분들께 공유하면서.

더워터멜론(브랜딩 회사) 대표

우승우

더워터멜론 공동대표. 《창업가의 브랜딩》, 《디지털 시대와 노는 법》, 《오늘의 브랜드 내일의 브랜딩》 저자이기도 하다.

한마디 소개 <u>주류 속의 비주류</u>

브랜드와 관련한 이런저런 일을 한다. 오리지널과 아날로그, 공간과 콘텐츠, 사람과 여행, 맥주와 야구, 책과 서점 등의 키워드에 관심이 많다. '수박' 이외에 'Harry&Kate', '아빠둘 아이둘'이라는 브랜드를 만들어 아주 작게 키워나가고 있다. 거의 매일 SNS에 글을 쓰지만 이모티콘은 쓰지 않는다. 명랑한 열여섯 살 딸이 있고, To Do List를 정리하며 뿌듯함을 느낀다.

6

나만의 작은
취향도 브랜드가
될 수 있다

잘되면 좋고 실패해도
괜찮은 베타 테스트

세상 곳곳을 들여다보는 브랜드쟁이

국내 한 대기업에서 근무할 무렵에 소주 '처음처럼'이 새로 출시됐다. 이전까지는 참이슬이 소주 시장을 거의 독식하고 있었기 때문에, "소주 주세요."라고 하면 당연히 참이슬이 나왔다. 그런데 처음처럼이 시장에 안착한 뒤로는 어느 식당에서든 소주를 주문하면 "어떤 소주 드릴까요?"라는 질문이 돌아왔다. 당시 그 기업의 라이프스타일 관련 계열사에서 브랜드 마케터와 브랜드 매니저로 일하던 나는 브랜드가 우리 일상에 파고들어 영향력을 미치는 과정을 새삼 생생하게 느낄 수 있었다.

더워터멜론(브랜딩 회사) 대표 **우승우**

세상에는 셀 수 없이 많은 브랜드가 있고, 우리는 일상 속에서 끊임없이 그 브랜드들을 접하고 소비한다. 마트에서 달걀 한 판을 사더라도 무의식중에 나름대로의 기준에 기반하여 제품을 선택한다. 개수와 유통기한을 따져 가장 가성비 좋은 것을 고를 수도 있고, 좀 비싸더라도 동물 복지 마크가 붙은 것을 고를 수도 있다. 우리가 슈퍼마켓에서 카트에 담는 혹은 온라인에서 장바구니에 담는 브랜드들은 결국 나의 크고 작은 취향과 가치관을 반영한다. 더 나아가면 그 선택들이 모여 나라는 사람을 이야기한다고도 볼 수 있다.

그만큼 요즘에는 자기 색깔이 명확한 브랜드가 인기를 끈다. 브랜드 가치를 적극적으로 따지며 소비하는 사람들도 많아진 것 같다. 그 브랜드의 제품을 구매하거나 서비스를 이용하는 것만으로도 내가 그 브랜드가 지향하는 방향성에 함께하는 듯한 느낌을 받기 때문일 것이다. 브랜딩이라는 것이 다소 거창하게 느껴질 수도 있지만, 사실 우리 일상과 아주 밀접하게 맞닿아 있다. 소소한 것들이 차곡차곡 모여 가장 나다운 것을 만들어내는 과정이랄까.

내가 브랜딩 관련 사업을 하면서 늘 하는 고민도 '가

장 이 브랜드다운 것이 뭘까?' 하는 것이다. 트렌드의 선두에서 감각을 곧추세우는 것도 중요하다. 하지만 모두가 가는 길에 휩쓸리는 것이 아니라 주류 안에서 나만의 취향을 찾아내는 것도 필요하다. 시대의 흐름을 읽는 동시에 그 안에서 나만의 취향을 알아가는 게 브랜딩을 위한 출발점이라고 할 수 있다. 덕분에 내 관심사는 가장 트렌디한 것부터 빛을 보지 못한 숨겨진 원석까지 언제나 거미줄처럼 사방으로 뻗쳐 있다. 브랜드와 디자인, 오리지널과 아날로그, 책과 서점, 사람과 여행, 맥주와 야구 등….
한마디로 한 우물을 파기보다 이리 기웃, 저리 기웃거리는 오지라퍼다. 세상 곳곳으로 뻗쳐 있는 나의 넓은 관심을 때로 한곳에 집중해서 모으고, 그곳에서 또 갈라진 샛길을 찾아 새로운 관심사를 발견하며 세상을 다양한 각도로 바라보고 재조립하는 것이 내가 하는 일이다.

2017년에 '브랜드 민주화'를 지향하는 '더워터멜론'을 공동 창업하기 전까지 나는 국내 대기업에서 시작해 MBA를 거쳐 글로벌 최대 브랜드 컨설팅 회사인 '인터브랜드'의 컨설턴트와 'KFC Korea'의 마케팅 총괄 임원을 거치는 등 나름 안정적이고 다양한 커리어를 쌓아오고 있었다. 잘 다니던 회사를 나와 굳이 사업을 시작한다는 것에 대해 주변에서 걱정도 했지만, 브랜딩 일을 하면서 창업을 하는 건 결국 필연적인 단계였다는 생각이 든다. 창업 자체가 하나의 브랜드를 만드는 것이기 때문이다. 내가 왜 이 사업을 시작했는지, 왜 나인지, 내가 이루고 싶은 것이 무엇인지에 대해 명확히 하는 작업이 창업에선 무엇보다 중요한데 그게 결국은 브랜딩의 과정이라고 할 수 있기 때문이다. 그렇게 브랜드에 대한 확고한 비전 아래 컨설팅, 커뮤니티, 플랫폼, 콘텐츠 등의 사업에서 재미있고 의미 있는 일들을 해나가고 있다.

일상과 삶이 곧 브랜딩

대학교 때 경영학을 전공해서 브랜딩이라는 수업이 있다는 사실을 알고 있었지만 그때만 해도 특별히 브랜딩에 관심을 두지는 않았다. 대신 어릴 때부터 마케팅에는 흥미를 가졌던 것 같다. 물론 그때는 마케팅 개념조차 없었지만, 마음 맞는 친구들과 무언가를 기획하고 실행하는 데서 재미를 느꼈다. 누군가를 만족시키고 개선하고 변화시키는 것이 좋았다. MBA 재학 중에는 킬리만자로 등반과 연계한 리더십 프로그램을 학교에 제안하여 정규 과목으로 인정받고 학점도 얻었다. 결과적으로 지금도 궁극적으로 사람들의 마음에 닿고, 그들의 마음을 움직이는 브랜드를 만들고자 한다는 점에서 비슷한 일을 하고 있는 셈이다. 좋은 브랜드 역시 본질에 집중하면서도 스토리와 감성을 담고 있어서 단순히 제품이나 서비스를 판매하는 것이 아니라 소비자에게 확장된 경험이나 가치를 제공해 주기 때문이다.

사실 브랜드 관련 회사를 운영하다 보니 일하고 있지 않을 때도 나도 모르게 주변을 둘러싼 온갖 브랜드에 관심을 두게 된다. 쉬는 날에도 브랜드와 관련된 책, 공간, 전시 등을 보거나 경험하는 데 많은 시간을 보내려고 하는 편이다. 일을 좋아하는 개인적인 성향 때문이기도 하겠지만, 언제부턴가 일과 삶이 하나의 덩어리처럼 유기적으로 굴러가게 되었다. 곰곰이 생각해 보면 그게 브랜딩이라는 일의 특성이기도 한 것 같다. 세상은 수많은 브랜드로 가득 차 있고, 브랜딩의 대상이 아닌 것이 별로 없다. 일을 할 때도 휴가를 가서도 수많은 브랜드를 접하다 보니 긍정적이든 부정적이든 일에 밀접해 있을 수밖에

더워터멜론(브랜딩 회사) 대표 **우승우**

없다. 그래도 자기만의 스토리를 풀어놓는 브랜드들을 접하고 들여다보는 것은 항상 매력적인 일이라서 힘들거나 지겹다는 생각은 좀처럼 들지 않는다. 실제로 내가 회사에서 하는 많은 기획들은 책상 위가 아니라 일상 속에서 평범한 걸 접하고 새로운 걸 발견하는 과정을 통해 만들어진다. 브랜드를 컨설팅하거나 브랜드 관련 콘텐츠를 만드는 일은 마치 서핑 보드를 타고 끝없는 바다를 누리는 것처럼 매 순간 흥미롭기도 하고, 새로운 모험을 하는 것 같기도 하다.

　브랜딩은 제품이나 서비스, 철학이나 스토리에 담겨 있는 본질을 찾아내는 과정이라고 할 수 있다. 그렇기에 우리 곁에 원래 있던 것을 얼마나 더 창의적으로 풀어낼지, 남들이 보지 않은 방향에서 바라볼지, 또 익숙한 것에서 어떤 새로운 것을 발견해내는지가 중요하다. 그래서 컨설팅 프로젝트를 시작하면 주변을 더 유심히 살피게 된다. 치킨 브랜드 컨설팅을 할 때는 치킨 브랜드를 눈여겨보게 되고, 가전제품이나 스니커즈 브랜드를 할 때는 온통 그것을 사용하는 사람들과 제품에 집중하는 식이다. 하지만 해당 업종에서만 아이디어나 힌트를 얻어야 할 필요는 없다. 오히려 다른 영역에서 새로운 융합적 아이디어가 번뜩 떠오를 때가 많다. 늘 감각을 열어놓기 위해서 다양한 콘텐츠를 접하는데, 특히 잡지를 많이 본다. 각 분야의 에디터들이 큐레이션한 결과물이 담겨 있는 잡지는 트렌드 감각을 유지하고 새로운 아이디어를 얻기에 더없이 좋은 매체다. 물론 빠르게 전달되는 온라인 콘텐츠도 좋지만, 기획부터 차곡차곡 정리한 정제된 콘텐츠를 보는 맛은 또 다르다. 또한 요즘에는 스몰 브랜드 중에서도 집중력이나 열정, 전문성이 뛰어난 브랜드가 많다 보니 그 브랜드의 스토리나 활동에서 매력을 발견하는 재미도 크다.

내 주변의 모든 것이 일거리이자 놀거리다. 회사에서 운영하는 국내 최대의 브랜드 커뮤니티인 'Be my B'가 지향하는 가치 역시 '브랜드적인 삶(Branded Life)'이다. 슬로건은 'Brand your Life, Live your Brand'. 원하든 원하지 않든 브랜드와 우리의 일상은 떼려야 뗄 수 없다.

더워터멜론(브랜딩 회사) 대표 **우승우**

개인의 매력, 퍼스널 브랜딩

최근 많은 사람들이 관심을 갖는 퍼스널 브랜딩, 즉 기업을 넘어 개인에 대한 브랜딩에 관심을 갖는 것은 사실 그리 특별한 일은 아니다. 다만 예전에는 자신을 과도하게 드러내거나 사람들의 관심을 끄는 것을 부정적인 의미의 '관종'으로 보던 시선이 많았다면, 이제는 자신이 어떤 사람인지 취향 등을 분명히 드러내고 알리는 것을 오히려 건강하고 긍정적으로 보는 분위기인 듯하다. 스스로를 하나의 브랜드로 규정하고 만들어가는 것이 요즘 세대에게는 자신을 표현하는 필수적인 요소가 되었고, 이들이 관종을 넘어 영향력을 가진 '인플루언서'가 되는 시대다.

이런 흐름에는 여러 이유가 있겠지만 가장 큰 이유는 미디어 환경의 변화로 자신을 알릴 채널이 많아졌기 때문이다. 유튜브, 페이스북, 인스타그램 등 각종 SNS를 통해서 자신의 색깔을 드러낼 수 있게 되었고, 개인의 성향이나 취향이 다양해지면서 각자가 만들어낼 수 있는 콘텐츠의 종류도 다양해졌다. 채널 또는 콘텐츠를 만들거나 운영하는 데 드는 시간과 돈을 절약해 주는 기술과 기기가 발전한 것도 중요한 이유일 것이다.

나만의 작은 취향도 브랜드가 될 수 있다

물론 SNS를 사용한다고 해서 모두가 영향력을 갖는 것은 아니다. 오히려 요즘엔 너무나 많은 콘텐츠가 쏟아져서 사람들에게 제대로 전달되지 않는 경우가 많다. 쏟아지는 콘텐츠를 전부 소화하는 것은 불가능에 가깝고, 어떤 콘텐츠가 좋은지도 쉽게 알 수 없다. 이런 환경에서는 궁극적으로 자기 생각, 자기 관점, 자기 콘텐츠가 중요해지는데 그게 바로 브랜딩이다.

나 역시 SNS의 도움을 많이 받은 편이다. 지금은 제대로 관리하고 있지 못하지만 '소주만병만주소'라는 이름으로 블로그를 10년 넘게 운영하기도 했다. 그 덕분인지 이후 페이스북이나 인스타그램처럼 새로운 SNS가 등장할 때마다 콘텐츠를 올리거나 커뮤니케이션하는 것이 낯설지 않아서 또래들에 비해 적극적으로 활용할 수 있었다. 브랜딩이라는 일의 특성상 외부에 알려야 하는 일이 많다. 이때 SNS는 최소의 비용으로 최대의 효과를 얻을 수 있기에 현실적으로 자주 활용하고 있다. 또한 회사에서는 단순히 컨설팅 서비스만 제공하는 게 아니라 커뮤니티, 플랫폼, 콘텐츠, 공간 등 다양한 스펙트럼의 일을 다루고 있다. 그래서 이러한 것들을 알리기 위해 SNS를 통해 많은 분들과 적극적으로 소통하고 있다.

더워터멜론(브랜딩 회사) 대표 **우승우**

하지만 꼭 일과 관련해서가 아니더라도, 개인적인 이유로 SNS를 활용하기도 한다. 다양한 프로젝트를 동시에 진행해야 하는 일을 하다 보니 생각을 정리하거나 여러 일을 수집하기 위한 목적도 있다. 또 내가 관심 있는 취미나 관심사에 대해 자료를 얻거나 사람을 만나기 위한 채널로 SNS를 활용하기도 한다.

SNS를 활용하는 건 자신의 아이덴티티를 드러내 1인 미디어로서의 가능성을 보여주는 일이다. 하지만 그저 일어나는 일을 평면적으로 펼쳐 보여주는 것은 큰 의미가 없다. 내가 잘하는 것 혹은 관심 있는 것 등을 꾸준히 매력적으로 표현해내는 것은 '퍼스널 브랜딩'의 첫걸음이다. 가장 중요한 것은 자신의 성향과 취향, 관심사에 대해 스스로 정확하게 아는 것이다. 즉 자기 객관화가 퍼스널 브랜딩의 시작이다. 이전에는 퍼스널 브랜딩이라고 하면 화술이나 스피치, 옷 입기나 외모 관리처럼 겉으로 드러나는 것에 중점을 두었다. 그러나 최근 들어서는 점점 자기다움을 들여다보는 본질적 의미가 중요해지고 있다.

자기다움을 찾아가는 일

만약 여러분이 매일 쳇바퀴처럼 회사에 출퇴근하고, 삶의 유일한 낙이 먹는 것이라 퇴근 후 가는 맛집 사진을 종종 SNS에 올리는 평범한 직장인이라고 하자. 금요일 오후쯤이 되면 약속을 잡지 않은 친구들에게도 이런 연락이 온다.

"나 오늘 을지로 갈 건데, 어디가 맛집이야?"

"성수에서 맛있는 케이크 사려면 어디로 가야 돼?"

음식과는 전혀 상관없는 직업을 가지고 있더라도 주변 사람들이 맛있는 음식을 먹고 싶을 때 여러분에게 이러한 자문을 구한다면 이미 당신은 자신만의 차별화된 콘텐츠를 지니고 있다는 뜻이다.

사실 대부분의 사람들은 자신이 평범하고 특별한 점이 없다고 생각한다. 나의 취향이나 관심사는 남들과 크게 다르지 않으니 아무도 관심을 갖지 않을 것이라고. 그 때문에 퍼스널 브랜딩이라는 것도 막연하게 느껴진다. 하지만 곰곰이 생각해 보면 누구나 자신만의 잘하는 점이나 관심 있는 분야가 있기 마련이다. 그것을 어떤 절대적인 기준으로 평가할 필요는 없다. 브랜딩은 남과 경쟁하는

더워터멜론(브랜딩 회사) 대표 **우승우**

것이 아니라 스스로 발견하고 쌓아가는 것이다. 남들이 어떤 활동을 하는지 신경 쓰기 전에 가장 먼저 챙겨야 하는 것은 '자기다움'이다. 즉 내가 어떤 사람인지, 어떤 브랜드인지를 명확하게 하는 것이 가장 중요하다.

그러니 내가 가진 취미나 관심사 중에 가장 특별하고 눈에 띄는 것을 고르는 것으로 충분하다. 화려해 보일 필요도, 거창할 필요도 없다. 시리얼을 종류별로 먹어보는 사람도 있고, 건담을 좋아해 수집하는 사람도 있다. 매일 아침 4시 30분에 일어나는 사람이 있고, 초록색을 유난히 좋아하는 사람이 있다. 그렇게 자신이 흥미를 느끼는 것에 집중해 브랜딩을 시작하는 것이다.

물론 꾸준함은 필수다. 간혹 본인이 지향하는 바나 본인이 이루고 싶은 목표를 자신의 실제 모습, 자신이라는 브랜드로 착각하는 경우가 있다. 그렇기에 자기 객관화가 제대로 이루어진 상태에서 인내심을 가지고 차근차근 브랜드를 만들어 가야 한다. 인스타그램에서 반짝 떠오르다가 금방 사라져버린 브랜드들을 과연 긍정적으로 평가할 수 있을까. 자기다움을 발견하는 데 가장 중요한 것은 자기 스스로를 명확하게 파악하는 것과 꾸준히 이어가는 것이다. 물리적으로 얼마나 오랜 기간이 필요한지에 대해 단정 지을 수는 없지만, 적어도 특정 분야에 대해서 내 주변 사람들이 나를 떠올리고 연락해온다면 누군가에게는 이미 그 분야에 차별성과 대표성을 가진 것이라고 봐도 좋다.

봉준호 감독은 2019 아카데미 시상식에서 "가장 개인적인 것이 가장 창의적인 것이다(The most personal is the most creative)."라는 말을 했다. 과거 마틴 스코세이지 감독이 한 말을 인용한 것이다. 브랜드는 막연하게 흘러가던 삶의 가치와 방향성을 구체화하고 나의 매력을 사람들에게 더욱 강력하게 어필할 수 있는 힘을 가지고 있다. 나만의 차별화된 장점과 진정성을 브랜딩하는 것은 우리의 삶을 훨씬 풍요롭고 가치 있게 만들 것이다. 이것만은 분명하게 말하고 싶다.

부부 브랜드 프로젝트

워낙 이런저런 분야에 관심이 많아서 항상 '뭔가 재미있는 일이 없을까?' 하고 생각하다 보니, 꽤나 많은 딴짓을 했던 것 같다. 하지만 브랜딩이라는 영역이 워낙에 넓고, 내가 했던 다양한 프로젝트 역시 특정 분야로 국한되지 않다 보니 본업과 딴짓의 경계가 사실상 자연스럽게 연결되는 듯하다. 딴짓이 본업으로 연결되는 것은 물론이고 본업의 시작이 딴짓의 경험에서 비롯되는 경우도 많다. 개인적으로 브랜딩이란 직접 경험하는 것이 중요하다고 생각해서 웬만하면 뭐든지 직접 참여해보려 하는데, 그게 다시 일에 영향을 주기도 한다. 덕분에 본업과 닮은 듯 닮지 않은 여러 가지 활동을 해왔다. 홍익대학교 디자인콘텐츠 대학원에서 3년 동안 브랜딩 강의를 했던 일이나 DBR(동아비즈니스리뷰)의 객원 편집위원으로 활동한 일 등도 그런 맥락이라고 할 수 있다. 콘텐츠를 만드는 스타트업에서 브랜드와 비즈니스를 담당하던 시절, 콘텐츠로 수익을 창출하는 서비스를 경험하고 싶어 퍼블리에서 저자로, 트레바리에서 클럽장으로 활동해 보기도 했다. 물론 지금의 회사인 더워터멜론에서 공동대표 친구와 함께 'Be my B'라는 브랜드 커뮤니티를 운영하며《창업가의 브랜딩》,《디지털 시대와 노는 법》,《오늘의 브랜드 내일의 브랜딩》 등의 브랜드 관련 책을 꾸준하게 쓴 것 역시 본업이자 딴짓들이라고 할 수 있다.

그중에서도 가장 딴짓다우면서, 생산적이라고까지 하기는 좀 민망하지만 개인적으로 좋아하고 의미 있다고 느껴지는 활동은 바로 아내와 함께하고 있는 'Harry&Kate' 프로젝트다. 이름이 좀 유치하다고 느껴진다면, 맞다. 사실 두 사람의 영어 이름을 각각 붙인 프로젝트명이다. 두 사람이 만난 지 얼마 되지 않았을 때 연필을 만들었던 기획에서 시작했으니 20년 가까이 된 것 같다.

　　시작은 소소했다. 각자 마케팅과 커뮤니케이션 분야에서 일하던 우리 두 사람은 어느 날 함께 뭔가 재미있는 걸 해보고 싶다는 생각이 들었고, 그래서 작은 아이템을 만들어 우리의 영어 이름을 넣기로 한 것이다. 그렇게 탄생한 부부 브랜드는 이후 특별한 틀을 정해두지 않고 다양한 프로젝트를 하면서 점점 발전해갔다. 2017년부터 트레바리에서 연애, 결혼, 육아 등을 다루는 '부부사기단'이라는 클럽을 만들어 4년 넘게 운영하고 있는데, 벌써 10번의 시즌을 보내며 200여 명의 멤버들을 만났던 것 같다.

　　2년 전에는 '연남방앗간'에서 각자가 좋아하는 책을 큐레이션하는 서점 프로젝트를 운영하기도 했다. 또한 'Harry&Kate'의 브랜드 로고를 당시 초등학생이었던 딸아이가 디자인하여 엽서, 스티커는 물론 맥주까지 만들어

더워터멜론(브랜딩 회사) 대표 **우승우**

주변 사람들에게 선물하기도 했다. 이를 기반으로 하버드 비즈니스 리뷰에 '듀얼 커리어 커플이 성공하는 법'이라는 제목으로 글을 쓰기도 했고, 그 내용을 바탕으로 실제 오프라인에서 부부가 함께 세미나를 진행하기도 했다. 이러한 활동이 누적되면서 작년에는 (민망하게도) 후배 부부의 결혼식에 주례 비슷한 것을 서기도 했으니, 부부 브랜드를 시작할 때만 해도 생각지 못했던 일이다.

부부가 같은 회사나 업계에서 일하다가 공동 창업을 하는 경우는 종종 있지만, 우리처럼 각자 다른 분야에서 일하는 두 사람이 하나의 브랜드로 활동하는 경우는 많지 않은 것 같다. 부부가 된다는 것은 가정 내에서 결혼 생활을 이어간다는 뜻이기도 하지만 하나의 브랜드가 되어 또 다른 활동을 해나간다는 뜻이기도 하다. 이러한 생각은 부부의 일상을 더 윤택하게 만들어준다.

아이까지 확장된 가족 브랜딩

이 정도면 직업병 같다. 아이가 태어난 뒤에는 가족 브랜딩이 아이까지 확장됐다. 매년 딸아이와 단둘이 여행을 가기로 한 것에 친구 그리고 친구의 아들까지 동행해 '아이둘 아빠둘'이라는 프로젝트이자 브랜드를 만들어낸 것이다.

6년 전, 책을 쓰러 한 달쯤 이탈리아에 간다던 친구가 시간이 되면 딸이랑 같이 와인 먹으러 놀러 오라고 권유했다. 처음엔 별생각 없이 흘려들었는데 문득 딸과의 여행이라니, 꽤 재미있겠다는 생각이 들었다. 사실 혼자 여행을 다니는 건 쉽다. 언제 어디를 갈지 순식간에 정하고 훌쩍 떠나면 그만이다. 그런데 아빠와 아이가 단둘이 떠나는 여행은 그렇지가 않다. 실제 내게도 새로울 뿐 아니라 주변에서도 별로 본 적이 없는 것 같았다. 그렇게 시작한 아이와의 여행은 대책 없는 40대 아빠 둘이 딸과 아들을 각자 한 명씩을 데리고 6년 동안 세계를 누비는 꽤나 거창한 프로젝트가 되었다.

아직도 첫 여행이 선명하게 기억난다. 이탈리아행은 고되었다. 아침을 간단히 먹고 공항으로 출발했는데 중간에 여권을 안 가져왔다는 사실을 깨달았다. 다시 집에 다녀온 건 그렇다 치고, 긴 비행을 앞두고 아이들 장난감을 캐리어에 넣고 보내버렸다는 청천벽력과 같은 사실에 급히 면세점을 뒤져 장난감을 구매했다. 아이들의 어쩔 수 없는 인내심과 별다른 도움이 안되는 나의 관심으로 겨우 12시간의 비행을 마치고 로마의 숙소에 도착했다. 벌써 기진맥진했다. 하지만 한편으로는 진짜 여행을 왔구나 싶어 가슴이 설렜다. 아빠들은 각자 역할을 나눠 여행 루트를 짜고, 렌터카의 크기를 정하고, 식사도 직접 준비했다(물론 밖에서 사 먹은 것이 거의 대부분이었지만).

사진과 추억으로 끝일 수도 있는 일을 어떤 형태로든 기록으로 남기고 콘텐츠화하고 싶은 아빠의 욕심 때문에 더 힘든 여행이 되었는지도 모르지만, 결국 즐겁고 행복한 기억으로 남았으니 해피엔딩이라는 생각이 든다. 실제 이탈리아 여행기는 〈볼드저널〉 매거진에 에세이로 기고되기도 했다. 그렇게 이탈리아 횡단을 시작으로 미국 서부 사막, 아이슬란드 일주, 말레이시아 밀림 투어 등 콘셉트를 정해 여행을 이어간 우리의 '아빠둘 아이둘' 프로젝트는 나에게 있어서 꽤나 생산적인(?) 딴짓이라고 할 수 있다.

일단 한번 해보는 것

딴짓은 나에게 영감의 원천이자 새로운 기회를 만들어주는 경험의 장이다. 특히 꼭 해보고 싶은 일에 대해 가벼운 마음으로 시작할 수 있는, 중요하면서도 부담 없는 테스트 베드이기도 하다. 생업과 직결되지 않는 딴짓이기에 빡빡한 준비 없이 시작할 수 있고, 진행하면서 반응에 따라 유연하게 변경해 나갈 수도 있다. 그 덕분에 오히려 훨씬 더 좋은 결과를 효율적인 방법으로 찾을 때도 있다. 어쩌면 딴짓을 요즘 스타트업에서 많이 하고 있는 '린(Lean)' 개념으로 해석해도 크게 무리가 없을 것 같다.

딴짓의 긍정적인 측면 중 하나는 이를 통해서 자기 객관화가 가능해진다는 점이다. 본인이 좋아하고 관심 있는 분야에 대해 일단 시도해봄으로써 내가 진짜 좋아하는지, 잘할 수 있는지를 발견할 수 있기 때문이다.

물론 사업 자체가 내가 좋아하는 일을 잘하는 방식으로 하는 것이기 때문에 창업한 이후에는 이것저것 딴짓에 눈을 돌릴 필요가 줄었다. 하지만 여전히 재미있는 아이디어가 떠오를 때 용감하게 일을 벌일 수 있는 건 역시 내 삶에 딴짓이라는 영역이 존재하기 때문이다. 그렇게

더워터멜론(브랜딩 회사) 대표 **우승우**

'나'라는 브랜드는 딴짓을 통해 조금씩 확장되고 흥미로워진다.

내가 페이스북을 활용하는 이유

브랜드 관련 일을 하다 보니 어느 순간 자연스럽게 페이스북을 시작하게 되었다. 비슷한 일을 하는 사람들 대부분이 사용하기도 했고, 브랜드의 활동에 대한 정보를 가장 빠르고 적극적으로 얻을 수 있는 채널이기도 했다. 다만 지금까지 꾸준히 페이스북을 활용하는 데는 몇 가지 이유가 있다.

첫째, 글을 통해 생각을 정리하고 나만의 기록을 남길 수 있다. 나는 바쁜 일상에서 순간순간 떠오르는 생각을 글이나 사진으로 페이스북에 기록하면서 생각을 정리한다. 거의 모든 SNS에 있는 '몇 년 전 오늘'의 기능을 통해 1년 전, 3년 전의 나를 기억하고 기념할 수 있다.

둘째, 일하는 데 필요한 정보나 소식은 물론이고 업계 사람들의 인사이트를 가장 빠르게 얻을 수 있다. 하는 일의 특성상 계속해서 많은 Output을 만들어 내야 하기에 Input을 얻는 것

더워터멜론(브랜딩 회사) 대표 **우승우**

이 상당히 중요하다. 페이스북은 사람 중심으로 분류되어 있기에 해당 영역의 전문가나 인플루언서를 찾아 나에게 필요한 정보와 지식을, 그들만의 언어와 표현 방식으로 얻기에 유리하다.

셋째, 나라는 브랜드를 보여주는 창구다. 의도하든 의도하지 않든 많은 사람들에게 자신을 노출하고 거기에 올려지는 콘텐츠에 따라 그 사람의 관심사와 취향, 관점과 시선이 자연스럽게 드러난다. SNS가 결국 그 사람의 생각을, 그 사람이라는 브랜드를 대변해 주는 셈이다. 그렇기에 글을 잘 쓰고 못 쓰고를 떠나 항상 진실되고 진정성 있어야 한다.

조심스럽게 SNS를 운영하는 나만의 노하우로 말하고자 한다. 사람마다 SNS를 운영하는 목적이 다르기 때문에 모두에게 적용되는 운영 노하우인지는 모르겠지만 퍼스널 브랜딩 관점에서 생각해 보자면,

첫째, 자신만의 관심사나 취향, 하는 일이 일관성 있게 보여져야 한다. 소개 문구가 아닌

올려지는 콘텐츠 내용만 보고도 이 사람이 어떤 일을 하는지, 무엇에 관심 있는지가 드러나야 한다.

둘째, 전문성이든 매력이든 계속해서 방문해야 하는 이유를 만들어 주어야 한다. 물론 아는 사람들끼리 안부용으로 SNS를 운영하기도 하지만, 꾸준하게 관심을 유지하기 위해서는 도움이 되는 콘텐츠가 있어야 한다. 사회적으로 이미 검증된 사람이라면 사진 한 장이나 한두 줄 의미 없는 문구만으로도 열광을 얻겠지만 말이다.

셋째, 자신의 일상을 담담하게 그러면서도 매력적으로 보여주는 것이 중요하다. SNS는 전략적으로 운영하기가 쉽지 않다. 자신의 이야기, 자신의 생각을 기본으로 콘텐츠로 만들어야 하기 때문이다. '브랜딩'이 아닌 '퍼스널'에 초점을 맞추는 것이 필수적이다.

마지막으로 꾸준함이다. 3개월 열심히 운영하다가 시들해지는, 1년 정도 활발하다가 사라지는 SNS가 많다. 그만큼 꾸준하기가 쉽지

더워터멜론(브랜딩 회사) 대표 **우승우**

않다. 어떤 목적에서 SNS를 운영하는지는 사람마다 다르겠지만 꾸준하게 정기적으로 자기가 직접 만든 콘텐츠를 올리는 것이 매력적인 SNS를 만드는 핵심 전략이다.

갤러리A 대표

오아영

서울대학교에서 작곡과 한국문학을 전공했다. 현재 갤러리A의 대표로 비평글을 써내고 예술가의 작품 세계를 현실 세계에 구현하는, 전시를 만드는 일을 한다.

한마디 소개 <u>사랑과 아름다움</u>

사랑과 아름다움. 오직 이 두 가지만을 중요하게 여기는 삶을 살아가고 있다. 어릴 때부터 세상 모든 것을 보는 단 하나의 기준이 바로 아름다움이었고, 이는 내 삶의 이유이자 내용이며 목적이다. 결국 그것이 직업이 되어서 아름다움을 공식적으로 연구하고 적극적으로 소개하며 살아나가고 있다. 세상에서 가장 귀한 것들은 눈에 보이지 않는다. 그래서 우리는 가장 소중한 것들을 자주 잊고 간과하기도 한다. 그러나 이 보이지 않는 것들이 손에 만져지도록 구체적이고 탁월하게 설명해내는 일로 나는 남은 삶도 계속해서 살아갈 예정이다. 부디 나의 이 삶이 어떤 경로로든 나와 마주하는 사람들의 삶을 조금이라도 아름답게 만들 수 있다면. 제발 그렇기를.

7

———

나는
사랑과 아름다움을
다루는 사람입니다

연주자 꿈나무 시절이
내 몸에 남긴 것

예술 작품의 보편적인 가치

여행을 다니며 새로운 사람을 만나다 보면 내가 누군지 설명할 일이 자주 생긴다. 엉덩이를 넘어 무릎까지 내려오는 긴 머리에 반짝이는 장신구, 그리고 교복처럼 입고 다니는 긴 원피스 차림이 대체 뭘 해서 먹고사는 사람인지 궁금증을 자아내는 모양이다. 직업이 무엇이냐는 질문에 '갤러리스트'라고 응답하면 절반의 확률로 어떤 작품들을 전시하느냐는 추가 질문이 따라온다.

주로 순수예술 작품을 전시해왔고, 의도한 바는 아니지만 지금까지는 회화 작품 위주였다고 대답하면 약 30퍼

센트 확률로 다음 질문이 이어진다. 작품을 전시하는 기준이 무엇이냐는 것이다. 이 대목에서 나는 내 일에 대해 어느 정도의 밀도를 가지고 설명해야 할지 얼른 속으로 셈한다. 이 밀도는 대개 질문하는 사람이 지닌 호기심의 정도와 매력이 결정한다.

"정말 뛰어난, 지금 이 시간에 우리가 조명해야만 하는 작품들을 전시해요."

"그 작품들이 어떤 건데요? 대표님의 개인적인 취향인가 봐요?"

"음, 제 취향은 하나도 중요하지 않아요."

"아니, 왜요? 그래도 의미가 있잖아요. 내가 좋아하는 걸 사람들에게 보여주는 게. 그럼 안 좋아하는 걸 전시하세요?"

"저라는 개인이 좋아한다는 이유로 사람들이 그 그림을 봐야 할 이유는 없잖아요. 그건 저에게나 가치가 있는 거니까요. 그래서 가능하면 보편적으로 가치 있는 작품을 전시하려고 해요. 아, 물론 이미 잘나가고 높이 평가된 작품은 굳이 저까지 숟가락 올릴 필요가 있나 싶어서 피하는 편이고요. 나만이 더할 수 있는 가치가 있을 때 그 작품을 전시하려고 하죠."

일 얘기를 할 때면 나도 모르게 진지함이 지나쳐서 때로 너무 단호한 설명으로 상대방을 당혹시키기도 한다. 하지만 나는 실제로도 확고한 기준을 가지고 갤러리를 운영하고 있다. 물론 어느 작품이 보편적으로 가치가 있을지에 대해서는 그 기준과 관점이 다양할 것이다. 그러나 그 관점이 아무리 다르더라도 부인할 수 없는 공통분모는 있다. 단순히 '평가하기 나름'이라고 한다면 예술이라는 게 저마다의 평가 중에 목소리 큰 사람이 이기는 구조처럼 오해될 수 있지 않겠는가. 감상이야 자의적이지만 가치 평가는 그렇지 않다. 예술 향유자라면 보편적으로 가치 있는 작품에 대한 사유를 나름대로 전개해 나가고, 여기서 부단히 도출한 기준을 바탕으로 작품을 평가하기 마련이다.

그런 의미에서 내가 생각하는 좋은 작품이란, 단순히 말해서 예술가가 정신적으로 매우 뛰어난 동시에 현실에 대한 이해도와 테크닉도 첨예하게 발휘된 작품이다. 작품에 구현되는 것은 결국 정신성(idea)인데, 그 정신성이 현실에서 물질로 만져지는 게 작품이라고 여기기 때문이다. 보이지 않는 것을 실제 세계에서 현실화하여 사람들의 마음에 닿게 하려면 당연히 테크닉도 뛰어나야 한다. 결국은 사람들의 마음을 감각으로 움직여야 하니까. 그러한 작품을 전시로 구현하고 나면, 탁월한 작품들이 내게 정신적인 자극을 주고, 나는 '정신성'과 '리얼리티'를 두 날개로 지닌 아름다움에 푹 빠져들곤 한다.

나의 업, 아름다움과 사랑

나는 탁월한 예술가를 찾아다니고, 작품을 보고 예술작품에 대한 글을 쓰며, 전시를 만들고 작품을 파는 일로 먹고살고 있다. 이것이 내가 세상에 기여하는 일말의 쓸모라 할 수 있겠다. 그렇다면 나머지 일, 먹고살기 위한 일을 제외하고 내가 하는 딴짓이란 무엇일까. 오래 생각해봐도 이 물음에 선뜻 대답하기 어렵다는 사실을 새삼 느끼게 된다. 여기엔 내 업의 특수성이 관여하고 있다.

나의 업이란 곧 아름다움이다. 아름다움을 보고 연구하고 소개하고 아름다움으로 소통하는 일이다. 그리고 이 일에는 내 모든 삶이 관여한다. 아름다움은 몸으로 체험하는 것이기 때문이다. 내 삶의 어떤 사소한 이벤트조차 아름다움을 연구하는 일과 반드시 연결된다. 사랑과 더불어 아름다움에 대한 생각은 내 영혼과 의식의 기저에서 늘 흐르고 있어서 나는 이 생각을 한시도 놓은 적이 없고, 그렇게 살아가니 모든 일상이 아름다움의 체로 걸러진다. 모르는 이와 대화를 하든 웹 서핑을 하든 모든 순간은 아름다움 연구에 대한 실마리를 얻는 과정이다.

특히 예술 작품은 내 삶의 깊이만큼 보이는 것이고, 내 삶 전체를 시야로 두어 바라보는 것이다. 그래서 내 삶이 성장하면 전혀 해석할 수 없었던 작품이 새롭게 보이기도 하고 기존에 알던 작품의 또 다른 면을 발견하게 되기도 한다. 그러니 내게 어떻게 딴짓이 있다고 할 수 있겠는가. 내가 쓰는 모든 작품 해설과 내가 만드는 전시는 내 삶 자체를 여실히 반영하고 있다. 내가 만들었던 전시와 써낸 글들을 보면 당시 내가 처했던 모든 상황과 느꼈던 마음들이 아주 구체적으로 떠오른다. 당연한 일이다. 그게 바로 재료가 되었으니까.

심지어는 내가 다루는 또 다른 주제인 사랑 또한 딴짓이 될 수 없을 것 같다. 아름다움이라는 주제를 연구하면서 파생되어 도달한 것이 바로 사랑이고, 사랑이라는 개념 자체가 아름다움과 아주 긴밀하게 연결되어 있다.

사랑이라는 본질을 드리우고 창조해낸 결과가 아름다움이다. 사랑은 그 자체로 아름다우며, 또한 아름다워서 사랑에 빠지기도 하니까.

이렇듯 내 삶에는 딴짓과 딴짓이 아닌 것의 구분이 없고, 또 일과 여가의 구분이 없다. 모두가 하나이며 그것이 내 삶 자체다. 즉 모두가 일이거나 여가이며, 모두가 딴짓이거나 딴짓이 아니다. 모든 순간이 마음을 따라 사는 삶이기에 그저 진실되고자 한다. '부캐'라는 표현이 내겐 꽤나 어색한데 없기 때문이다. 원칙이 있을 뿐, 제약을 두지 않고 통합되고 진실된 나로서 존재하고자 애쓰고 표현하고자 한다. 투명함은 내 행동 강령이다.

의미 없이 그어진 선은 없다

내 삶에 있어 딴짓이라는 개념을 따로 두기는 어렵지만, 그래도 본질적 의미가 아닌 표면적인 구분으로 갤러리 밖의 딴짓을 규정해보자면 대표적인 것이 온라인에 글을 적고 사람들과 코멘트로 대화하는 일인 듯하다. 절

친한 친구들과의 대화도 그렇다. 이것은 날마다 한 걸음씩, 때론 여러 계단씩 도약하는 내 사랑과 아름다움에 대한 사유 그리고 새 세계관을 꺼내고 여기에 사람들이 어떤 반응을 내어놓는지를 지켜보는 일이다. 꺼내놓고 소통하기 전까진 세상에 없던 것이지만 꺼내어 사람들과 소통하고 영향을 주고받으면 현실이 된다. 나는 이 과정을 아주 좋아한다. 따지고 보면 이 역시 나의 일과 관련이 있다고 볼 수 있을 것 같다. 내가 사랑에 대한 주제로 작성한 글들이 어느새 책 한 권 분량이 되어 출판 제안을 받기도 했으니까.

게다가 나는 그때그때 내가 몰두하고 있는 주제에 대한 글을 올리게 되고, 그러니 당연히 전시 시즌에는 주로 전시와 작품과 예술가에 대한 주제를 다루게 되는데 이렇게 온라인에 쓴 글을 보고 전시회에 오거나 작품을 사는 사람들도 꽤 있다. 이렇게 사람들과 주고받는 대화마저도 내게는 딴짓이라 명명하기 어려워진다.

평소의 나의 일과도 마찬가지다. 나는 모든 걸 마음가는 대로 결정하고 행동에 옮긴다. 갤러리 대표로 있다 보니 딱히 매인 데가 없기 때문이다. 전시 오픈하기 전을 제외하고는, 산책을 하거나 미술관을 가거나 여행을 다니는 등의 일들을 아무 때나 내키는 대로 그냥 한다. 늘 마음이 이끄는 대로다. 그런데 이때 겪고 생각한 것들은 반드시 아름다움에 대한 내 생각들을 비약적으로 성장시킨다. 세계관의 큰 도약 역시 보통은 이때 일어난다. 그렇다면 일할 때 외에 멋대로 시간을 보내는 날들도 딴짓이라 하기는 애매할 것 같다.

아, 다시. 결국 내 삶에 딴짓은 없다. 나는 의미 있고 가치 있는 순간들로만 삶을 채우고자 부단히 애쓰니까. 무엇보다 사랑과 아름다움을 인생의 주제로 삼고 있는 이상 내 삶의 모든 행동들은 결국 나의 구심점으로 귀결된다. 아름다움이란 마음만 먹는다면, 스스로 결정하기만 한다면 어떤 환경에서든 매 순간 지닐 수 있는 것이니까. 사랑 또한 정도의 차이는 있겠지만 마주하는 모든 존재들에게 보낼 수 있는 것이다. 즉 나는 내 삶 자체를 가장 아름다운 예술로 만들고자 한다. 뛰어난 예술 작품에는 잉여가 단 하나도 없는 법이다. 어떤 선도, 어떤 터치도 그냥 쓰인 것은 없다.

내 몸에 새겨진 연주자 꿈나무의 흔적

지금 내 직업은 그림을 파는 것이지만, 실은 그림을 파는 건 그림을 파는 게 아니다. 무슨 말이냐면, 그림은 그 재료인 캔버스와 물감이 아니기 때문이다. 나는 작품 하나를 수백, 수천만 원에 팔지만 작품을 구성하고 있는 캔버스와 물감의 값은 작품값에 비해 아주 낮지 않은가. 재료값과 작품값의 낙차. 이 차이만큼이 그림에 담긴 정신이다. 그러므로 그림을 사는 사람들이 사는 건 사실 눈에 보이지만 보이지 않는 무언가고, 나는 그 눈에 보이지 않는 정신을 돈으로 바꾸는 사람이다. 이처럼 이데아를 현실화하는 일을 하게 된 것은, 어릴 적에 프로 연주자를 꿈꾸며 훈련받았던 나의 경험에 기인해 있다.

어릴 적의 나는 틀림없이 바이올리니스트가 될 줄 알고 있었다. 아이들이란 맘껏 뛰놀아야 하는 존재라지만 나는 유년기에 그다지 놀았던 기억이 없다. 고음질 녹음 기능을 탑재한 파나소닉 워크맨을 지참하고 엄마 혹은 아빠와 함께 대가 선생님을 주기적으로 방문했다. 집에 돌아와서는 그 녹음 테이프를 들으며 선생님의 말을 단 한마디도 땅에 떨어뜨리지 않으려고 치열하게 집중하며 개

선해내는 연습을 했다.

치열한 연습. 얼마나 연습했느냐는 질문은 잘못됐다. 연습 시간이 아니라 오히려 연습을 안 한 시간을 묻는 쪽이 맞다. 몸이 아플 때처럼 예외적인 상황 빼고는 학교에 다녀와서 잠들 때까지 연습을 했으니 말이다. 가족 여행을 가도, 친척 집에 놀러갈 때도 늘 바이올린과 함께였다. 어떤 이유든 연습은 단 하루도 쉬면 안 되는 것이었다.

그러나 돌아보면 이 진지함은 꽤나 쓸데없는 것이기도 했는데, 어린 내가 바이올리니스트가 되고 싶어 했던 건 여기저기서 잘한다는 칭찬을 받고 사람들이 계속 감탄하거나 놀라는 걸 보는 게 재미있어서였는지도 모르겠다. 잘한다고 하니 더 잘하고 싶은 마음에 게임하듯 '좀 더, 조금만 더' 하며 피치를 올려가다 보니 욕심이 증폭되었던 것이다. 물론 탁월한 피아니스트인 어머니가 하루에 열 시간씩 연습하시던 걸 어릴 적부터 당연하게 지켜보다 보니 부담 없이 이 길을 향할 수 있기도 했다.

보다 전체적이고 입체적인 사고를 할 수 있을 만큼 머리가 좀 크고 나서 나는 갑자기 연주자로서의 삶을 거부했다. 그리고 부모님은 허무할 만큼 나의 의사 결정에 어떤 저항도 없이 동의하셨다. 지금의 나는 완전히 다른 자리에 있다. 전문 연주자의 길을 가지 않은 선택도 무척 탁월했다고 생각한다. 하지만 몸과 정신이 급격히 자라고 형성되던 바로 그 시기에 내가 스스로를 전문 연주자 꿈나무로 인지하고 훈련하며 미래의 자아상을 꿈꾸던 경험은 나라는 인간의 토대를 형성했다. 그렇게 연주자 꿈나무로서 훈련받는 삶을 살면서 몸과 마음에 각인된 습관과 믿음 체계들은 여전히 내 삶 속에서 작동하고 있다.

이를테면 세상에 완벽은 없다는 것을 일찍이 깨달았달까. 지금 탁월해도 언제나 더 탁월한 것은 있으며 정확한 방향으로 훈련하면 자신이 얼마나 비루한 상태였든 이르지 못할 것은 없다. 정확하게 교육받는 이에게는 섬세하게 필요한 것이 주어진다는 것, 스승의 행간까지 통째로 전수되는 도제식 교육의 힘, 탁월함을 경험한 자만이 제시할 수 있는 탁월함, 탁월한 이데아만이 만들어낼 수 있는 탁월한 자리를 아는 일, 그 어떤 변수에도 무대는 나의 책임이므로 무대가 계속되는 한 연주도 계속되어야 한다는 본능, 실수조차 아름다워야 한다는 나의 가치관 등은 모두 연주자로서의 배경에서 기인했다. 그러고 보면 연주자의 삶을 선택하지는 않았으나 연주자가 되기 위해 받았던 훈련과 그로 인해 내 몸에 새겨진 모든 것은 좋은 것뿐이다.

내가 꿈꾸던 연주와 나의 실제 연주

연주자로서 내가 가지게 된 기본 중 하나는 현실을 대하는 특수한 자세다. 이데아를 드리우고 현실을 창조하며 그 현실이 다시 이데아를 강화한다는 것을 아는 이의 자세랄까. 다시 설명하자면 연주자에게 현실은 연주되어 나오는 내 소리인데, 이 소리는 철저히 내 이데아에 기반한다. 이데아에는 내 연주 소리가 어때야 하는지의 가장 이상적인 목표가 자리 잡고 있다. 여기엔 어떤 음악이 아름다운 것인지, 또 이 부분의 소리들은 무엇을 구현해야 하는지 따위가 담겨 있는 것이다. 이 자리에 탁월한 것이 들어 있어야 탁월한 현실(실제 연주)이 창조된다. 이 이데아의 자리가 잘못 잡혀 있으면 아무리 연습한들 연주는 아름다울 수가 없다. 탁월한 스승이 하는 가장 큰 일은 이 이데아를 탁월한 자리에 설정해주는 것이다.

한편 아무리 훌륭한 이데아를 지니고 있더라도 현실

을 만들어내는 테크닉이 모자라면 절대 현실에서 좋은 연주의 본질을 구현해낼 수 없다. 좋은 연주가 뭔지 가장 잘 아는 사람이 머릿속으로 아무리 그 찬란한 연주를 상상하며 맘먹고 바이올린을 켠다 해도 몸이 안 움직여주면 현실은 깽깽이일 수 있는 것이다. 뭐든 가능한 상상 세계에서와 달리 물리법칙의 지배를 받는 현실은 제약으로 가득하다. 피나는 연습이 필요한 이유이기도 하다.

연습을 할 때 중요한 건 많이 해서 익숙해지는 게 아니라 정확한 목표(이데아)를 잡는 것이다. 현실에서 구현하고자 하는 의도를 가지고 정확하게 실천 및 반복하는 게 연습의 핵심이다. 정확한 이데아는 그 이데아에 부합하는 현실을 만드는 일에 이바지하는데, 이렇게 만들어진 현실은 재미나게도 음악이 가진 무형의 힘을 다시 강하고 정확하게 만드는 선순환을 이룬다. 훌륭한 선생의 중요한 역할 중 한 가지가 바로 학생의 실제 연습이 이데아를 정확하게 달성하는 방향으로 이루어지는지를 봐주는 것이다. 이렇듯 이데아를 현실로 만들려는 시도가 악기 연습의 구조인 셈이다.

연습을 부단히 하다가 어느 시점을 넘어서면 내면에서 드리우고 있는 이데아(탁월한 연주 목표)보다 더 탁월한 연주를 현실에서 해낼 수도 있다. 그렇게 이데아는 구체화되고 강화되기도 한다. 반대로 엉망인 연주(실제)를 설렁설렁 계속 내 몸으로 하게 되면 내 안에 있는 이데아(탁월한 연주에 대한 개념)마저 부지불식간에 훼손된다. 구린 연주에 익숙해지고 나도 모르게 타협하게 되는 것이다. 현실과 이데아는 이렇게 무섭도록 유기적이다.

그러니까 이데아(본질)와 실제 현실은 완전히 다르며 다른 영역에 존재하지만, 서로를 염두에 두고 정확하게 맞물릴 적에는 모두를 강화하는 상승작용을 일으키는 관계다. 이는 연주에 한정되지 않고 예술 작품을 비롯한 다른 영역에서도 마찬가지다. 이를테면 사랑 또한.

본질은 훼손되지 않는다

나의 인생 주제인 사랑과 아름다움이 그러하듯이 나의 무게중심은 이데아에 있다. 하지만 현실을 무시하는 것이 아니라 본질에 입각한 현실을 만들자는 쪽이다.

현실에는 분명히 제약이 있다. 누군가의 현실에는 더

많은 제약이 있을 것이다. 그러나 제약이 많은 것은 현실이지, 본질이 아니다. 입은 비뚤어졌어도 말은 바로 하랬다고, 당장 애인에게 줄 콩 한 쪽이 없는 현실에 처해 있을지라도 사랑의 마음은 그냥 사랑의 마음이다. 마음은 무한한 거니까. 제약이 많은 현실이지만 그럴수록 이 현실이라는 도화지 안에 어떻게 본질을 구현하고 작동시킬지를 치열하게 고민해야 한다. 정확하게 사랑이 구현된 현실은 그 사랑에 감응하는 상대방에게 전달되며, 우리는 사랑이라는 본질(이데아)을 더 강화하고 상승시켜 갈 수 있다.

화선지 살 돈도 없을 만큼 찢어지도록 가난했던 화가 이중섭에게 어느 시절 주어진 현실은 고작 자그마한 담배 은박지였더랬다. 8.5×15cm의 담배 은박지가 그의 도화지였다는 사실이 못내 아쉽지만, 그 작은 종이 위에도 그의 예술 정신은 충분히 표현될 수 있었다. 아니, 담배 은박지였기 때문에 가능했던 특별한 것들이 그 안에 담겨 있다. 이중섭만의 독특한 표현 기법은 그 위에서 제대로 꽃을 피웠으니까. 그곳에 구현된 특유의 기법은 금속공예 입사 기법과 닮아 있는데 그것은 오직 이중섭만의 것이다.

제약은 제약일 뿐, 나는 그저 내가 드리운 이데아(사

랑의 본질)를 지니고 내 현실 안에서 할 수 있는 표현을 그저 해나가면 된다. 통념과는 다르게 너무 풍요로운 현실은 오히려 사랑이 드러나기 더 어렵도록 만들기도 한다. 샐러리맨이 적금을 들어 사주는 1캐럿 다이아몬드는 사랑이지만 세계 최고 부자가 적선하듯 사주는 1캐럿 다이아몬드가 무어 그리 사랑이겠나. 현실의 명백한 제약은 본질을 부각시키기도 한다. 탁월한 예술 작품들이 언제나 절묘하도록 그러했고, 오 헨리의 단편소설 〈크리스마스 선물〉속 부부 역시 그러했다.

환경은 결코 내 안의 고귀함을 상하게 만들지 못한다. 현실은 사랑하는 사람을 떠나가게 만들지언정 너를 향한 내 안의 사랑을 죽이지 못한다. 환경은 결코 나의 아름다움을 망가뜨리지 못한다. 그 어떤 현실은 털끝만큼도 사랑과 아름다움에 손댈 수 없다. 현실은 현실일 뿐이다.

무너지는 현실 가운데 현실을 붙들지 이데아를 붙들지는 내 선택이다. 이데아를 꼭 붙들고 주어진 현실에 할 수 있는 최대치로 이데아를 구현해내며 살아내는 재능이 내 고유한 매력이다. 현실이여, 나를 죽일 테면 죽이라지! 죽으라면 죽으리라! 다만 나는 죽을지언정 아름다우면 된다. 죽으면서까지 사랑하면 된다.

다사랑중앙병원

정신과 의사

최강

정신과 전문의. 현재 수도권의 알코올 전문 병원에서
근무 중이다.

한마디 소개 진지하되 심각하지 말자

진료실에서 환자들과 이야기 나누는 것을 좋아하며 정신
과에 대한 사회적 편견을 줄이고자 늘 고심한다. 불안 및 정
동장애, 물질사용장애 같은 정신질환부터 스포츠 의학, 의
학사, 뇌과학까지 여러 분야에 관심이 많다. 어릴 적부터 읽
고, 쓰기를 좋아했고, 지금도 글쓰기를 통해 세상에 조금이
라도 도움이 되려고 한다.

8

말없이 소통하는
정신과 의사로
사는 법

종이로 접은 용에게서
인생관을 배운다

나를 알고 남을 보는 정신과 의사

나는 학생 때부터 정신과 의사가 되기를 희망했던 '정신과 마니아'였다. 아무것도 모르는 의대생 주제에 의학의 모든 과는 '정신과'와 비(非)정신과'로 나뉜다는 말도 공공연히 하고 다녔다. 정신과 의사가 되고 싶어 했던 표면적인 이유는 소위 '인문학적 소양' 때문이었다. 해부학, 생화학, 생리학과 같은 기초의학을 바탕으로 몸에 대한 원리를 익히고, 내과학, 외과학과 같은 임상의학을 바탕으로 몸에 생긴 이상을 바로잡는 비정신과 영역에서는 나의 박학다식함을 효과적으로 발휘하기 어렵다고 생각했다. 아니, 착각했다.

현실은 성적이 좋지 않아 인기 있는 과에 지원할 엄두조차 내지 못했고, 손재주도 좋지 않아 수술방에서 쫓겨나기 일쑤였으며, 일머리가 없어서 똑같이 일을 해도 속도나 결과 면에서 언제나 남들보다 뒤처졌다. 경기장에서 선보일 만한 객관적인 실력은 모자란 주제에 부족함을 인정하지는 못했던 나의 선택은 아예 경기장 밖으로 나가버리는 것이었다. 즉 의학도이지만 정작 의학 공부는 소홀히 했고, 의학 외적인 지식에 천착하며 이를 인문학적 소양이라 포장했다. 무너진 자존심을 독특한 나만의 방법으로 지켜내던 나의 모습을 요즘 용어로 표현하면, 그야말로 '관종'이지 않았을까 싶다.

대학을 졸업한 뒤에는 다행히 바람대로 정신과를 전공하게 되었다. 다른 과와 달리 정신과에는 유형(有形)의 평가 도구나 진단 수단이 많지 않다. 혈액검사를 통해 빈혈인지 아닌지 구분하는 내과나 배를 열어 종양이 퍼진 정도를 확인하는 외과와 달리, 정신과에서는 의사 자체가 환자를 평가하고 질병을 진단하는 주요 도구이자 필수 수단이 된다. 그래서 정신과 수련 과정에서는 스스로의 감정이나 생각을 무시로 확인하고, 동료에게 수시로 날카로운 피드백을 받아 가면서 자신이 어떤 사람인지 파악하는 것을 매우 중요하게 여긴다. 아무리 바른 지식을 갖고 있어도 담는 그릇이 휘어 있으면 온전한 판단을 내릴 수 없기 때문이다. 까만 색안경을 쓰고 있으면 하늘이 까맣게 보이고, 물구나무서고 있으면 땅이 뒤집혀 보이는 것과 마찬가지다. 정신과 의사의 감정이 치우쳐 있거나 사고가 기울어져 있으면 환자를 객관적으로 보지 못하는 일이 발생하는 것이다. 이런 방식으로 이뤄지는 수련 과정은 쉽지 않았지만 지금까지 알지 못했던 나 자신을 알게 되어서 매우 유익한 시간이었다.

무사히 정신과 의사가 된 나는 군 복무를 마치고 월급을 받는 의사, 봉직의로 병원에서 근무를 시작했다. 처음에는 이끌어줄 교수님이나 고민을 나눌 선후배가 없어 환자와 관련된 모든 것을 오롯이 책임져야 하는 상황이 부담스러웠다. 또한 많은 것을 배우고 나왔다고 생각했지만 작은 병동에서 10명 안팎으로 소수의 환자를 담당하던 전공의의 삶과 넓은 공간에서 50명 내외의 많은 환자를 책임져야 하는 봉직의의 삶 사이의 괴리를 줄이기에는 능력이 턱없이 부족했다. 난생처음 맞닥뜨린 상황에서 내가 잘하고 있는지, 혹시 놓치고 있는 것은 없는지 늘 불안

했다. 다행히 근무하는 동료 정신과 의사들과의 팀워크는 남달리 좋았다. 부족한 부분은 서로 메꿔주고, 궁금한 부분을 같이 고민하는 과정은 전공의 때와 비슷한 듯 다르게 나침반과 지도 역할을 톡톡히 해줬다. 덕분에 힘들고 바쁜 와중에도 현실의 무게에 짓눌리지 않고 새로운 길을 뚜벅뚜벅 걸어갈 수 있었다.

어느 정도 전공의 시절과도 비슷했던 병원 생활은 즐거웠지만 아쉽게도 계속되지는 못했다. 동료들이 각자의 사정으로 이직을 하고, 개업을 하고, 이사를 가면서 한 공간에서 부대끼던 연대의 끈이 점차 느슨해졌다. 나 역시 일을 하면서 알코올의존증에 대한 관심이 커지게 되어 새로운 경험을 쌓기 위해 다른 병원으로 일터를 옮겼다. 나름 청운의 꿈을 품은 도전이었지만 기대와 달리 변화된 삶은 쉽게 풀리지 않았다. 진료 철학이 맞지 않거나 업무 배분 과정에서 이견이 발생하는 등의 이유로 옮기는 병원마다 아주 짧은 기간만 근무하고 나왔다. 우여곡절 끝에 현재의 병원에 자리를 잡게 된 내게 주변 사람들은 '프로 이직러'라는 달갑지 않은 별명을 붙여줬다. 하긴 한 해 동안 네 곳의 병원에서 근무했으니 내가 생각해도 심하기는 심했다.

말 못하는 정신과 의사

말이라도 잘하면 새로운 병원에서도 사람들과 금세 친해졌을 텐데 하는 아쉬움이 늘 있었다. 잠깐? 정신과 의사인데 말을 잘 못한다고? 흔히 사람들은 정신과 의사가 언변이 뛰어나다고 여기는 경향이 있다. 오해는 의학 드라마나 영화에서 정신과 의사를 달변가로 그리거나 방송 프로그램에 출연하는 정신과 의사의 말주변이 좋은 것에서 비롯했을 가능성이 높다. 극(劇)에서 정신과 의사는 말 말고는 할 게 없으니 말이라도 잘하는 것으로 설정되었을 것이다. 또 TV에 등장하는 의사는 꼭 정신과 의사가 아니어도 다들 훤칠하고 말을 잘한다. 요컨대 정신과 의사라고 꼭 말을 유려하게 잘하는 것은 아니다.

그런데도 환상에 가까운 오해를 갖고 진료실을 찾는 사람이 종종 있다. 정신과 의사가 뛰어난 말솜씨로 청량한 사이다 같은 해답을 내놓을 것이라는 기대와 함께. 하지만 막상 진료실을 나설 때는 물 없이 고구마를 먹은 듯한 답답함을 경험한다. 진료 내내 정신과 의사는 대부분 말없이 듣기만 하고, 그나마 말을 할 때도 모호하고 애매하게 말할 때가 많기 때문이다. 진료실 밖에서도 그렇다.

모임에서 정신과 의사라고 소개하면 종종 상대의 마음을 속속들이 읽고, 현란한 언변으로 좌중을 쥐락펴락할 것이라는 기대와 부딪힌다. 하지만 나처럼 눌변가 정신과 의사는 이내 기대를 실망으로 바꿔놓는다.

그렇다고 내가 목석은 아니다. 오히려 진료실에서 환자와 이야기 나누는 것을 매우 좋아한다. 물론 정신과의 특성상 주고받는 내용은 부정적일 때가 많다. "이렇게 힘들었어요.", "저렇게 화가 났어요.", "이런 상황이 속상해요.", "저런 환경이 짜증나요." 어두운 이야기를 듣다 보면 내 마음에도 짙은 그늘이 질 때가 많다. 병아리 정신과 의사 시절에는 그런 감정을 내 안에 담는 것이 힘들었다. 그래서 전문가랍시고 나름대로 해답이나 조언을 건네곤 했다. 환자가 별 반응을 보이지 않으면 애가 타서 더 말을 많이 했다. 어느새 진료실의 분위기는 일방적으로 설교하는 분위기로 변해버렸다. 환자는 다음 진료 시간에 오지 않았다.

아주 조금 경험이 쌓인 요즘은 진료실에서 서두르지 않는다. 일상이 고단한 환자가 어려움을 시시콜콜 이야기해도 끊지 않고 그저 듣는다. 그런 이야기를 어디에 가서 할 것이며 누가 또 그렇게 들어주겠는가? 반대로 어떻게 말해야 할지 몰라 환자가 침묵으로 일관해도 편안한 마음으로 기다린다. 시간이 꽤 흐른 것 같지만 사실 몇 분 지나지 않았다. 굳이 내가 말을 먼저 하지 않아도 듣고 기다리면 환자에 대한 이해가 깊어지기 시작한다. 말로 표현되는 겉모습이 아니라 말 사이에 숨어 있던 내면이 숙성해 드러나는 것이다. 정신과의 매력은 바로 그 순간에 있다.

물론 최근 정신과에서는 약물, 유전자, 뇌 영상 같은 생물학적 측면도 많은 부분을 차지하며 질환의 평가나 치료에 유용하게 사용되고 있다. 그래도 진료실에서 정신과 의사와 환자가 치료적 관계를 맺고 이야기를 나누며 마음의 상처를 치유해 나가는 과정의 가치는 여전히 중요하다. 치료적 동맹이 안정적으로 생성된 상태에서는 건네는 말이 눌변이거나 양이 적어도 환자의 변화를 도모하기에 충분하다. 그래서 말을 잘 못하는 나도 여전히 정신과 의사를 해나갈 수 있는 것 같다.

프로이직러가 세상과 연결되는 법

말주변 없는 내가 자주 병원을 옮기면서 번번이 새롭게 적응하는 과정은 쉽지 않았지만 당시 더 힘들었던 것은 동료 정신과 의사와의 연대가 사라져버린 것이었다. 몇 달 근무하고 휙 사라져 버리는 뜨내기는 기존의 집단에 녹아들 수가 없었다. 진료 현장에서 발생하는 여러 고충을 나누지 못하고, 문제를 의논할 동료가 없는 상황에 놓이면서 나는 그저 전전긍긍할 뿐이었다. 그러던 어느 날 유레카와 같은 묘책이 떠올랐다. 페이스북이었다. 직접 만나거나 통화하지 않고도 얼마든지 기존 동료들의 근황을 파악하고, 이야기를 나누며 교제할 수 있겠다는 생각이 들었다. 마침 오랫동안 사용하던 피처폰을 정리하고, 스마트폰으로 휴대전화를 바꾼 지 얼마 지나지 않은 때여서 시기적으로도 적절했다. (지금 생각하면 그때까지 굳이 피처폰을 사용했던 것도 은근히 관심받기 좋아하던 관종 기질 때문인 듯싶다.)

아주 오랜만에 페이스북에 로그인하고 프로필 사진을 변경한 뒤에 오랫동안 쌓여 있던 친구 신청에 응하고, 이전 동료를 포함한 지인들을 친구로 추가했다. 그들의 포스팅을 넘겨보며 어떻게 지내는지, 무슨 생각을 하는지 엿보는 것은 예상보다 흥미로웠다. 그러다 문득 나도 글을 올려야 일방적인 관계로 흐르지 않겠다는 생각이 들었다. 일단 평소 읽던 책이나 듣던 음악에 관한 글을 올렸다. 나름 열심히 작성해 글을 올렸지만 반응은 신통치 않았다. 묘하게 허무했다. 겨우 '좋아요' 몇 개 받으려고 이렇게 글에 정성을 들여야 한단 말인가?

서서히 늘어나는 페이스북 친구들을 보니 소소한 일상을 일기처럼 적어 올린 글이 눈에 띄었다. 좋아요 수를 신경 쓰지 않고 가볍게 신변잡기에 대한 내용을 써도 괜찮겠다는 생각이 들었다. 하지만 정신과 의사라는 내 직업이 걸렸다. 진료실에서 환자는 무의식적으로 과거 다른 사람과 맺었던 관계를 정신과 의사와 재현하며 정서적으로 반응하는 전이(轉移)를 나타내는데 이는 면담에서 중요한 단서가 된다. 내 일상을 자세하게 공개하는 것이 혹시라도 환자의 전이 형성을 방해해서 치료자와 환자 간 관계에 부정적 영향을 끼칠 수 있겠다는 우려가 들었다. 좌고우면하던 중 문득 종이접기가 떠올랐다.

마침 당시는 유치원에 다니던 아들이 종이접기에 빠지기 시작한 때였다. 바삐 돌아가는 공장처럼 하루 종일 다양한 종이접기 작품을 만들던 아들과 시간을 같이 보내기 위해서는 나도 종이를 접어야 했다. 처음에는 별 감흥이 없었다. 완성하는 작품들이 그리 사실적이지 않았기 때문이다. 예를 들어 말을 접었지만 눈도 없고, 갈기는 어설프며, 꼬리는 짧아 미리 설명을 듣지 못하면 말인지 소인지 구분이 어려울 정도였다. 하지만 교만의 시간은 길지 못했다. 하루는 아들이 도저히 접어지지 않는다면서 종이접기 책 마지막에 실려 있는 용을 접어 달라고 부탁했다. 아들이 잠을 자는 동안 호기롭게 도전했는데 결과는 충격적이었다. 시작한 지 얼마 되지도 않았는데 더 이상 어떻게 접어야 할지 도저히 감이 잡히지 않았다. 다음 날 날개조차 펼치지 못한 용을 본 아들의 실망스러운 표정을 보자 미안함과 자괴감이 몰려왔다. 여기서 포기할 수 없었다. 이틀 동안 씨름한 끝에 용을 완성하자 희열이 몰려왔다. 그렇게 나는 종이접기의 매력에 빠져들기 시작했다.

종이접기라면 사진과 같이 올리므로 굳이 글을 길게 쓸 필요가 없었고, 개인사를 너무 시시콜콜 적지 않아도 될 것 같았다. 무엇보다 아들과 계속 같이 종이접기를 하고 있었기 때문에 소재 걱정은 하지 않아도 되었다. 이렇듯 종이를 접고 페이스북에 올리는 작업은 '좋아요'를 늘리겠다는 얍삽한 마음으로 시작했지만 이후 내 삶에 여러 유익한 통찰을 선사했다. 동료 정신과 의사와 직접 소통하지 못하는 부분을 훌륭히 메꿔줬을 뿐만 아니라 코로나19로 사회적 거리 두기를 하면서 발생하는 필연적 소외감을 떨쳐내는 데에도 큰 도움을 줬다.

종이접기와 치료법의 공통점

한 예로 단면 색종이를 살펴보자. 단면 색종이를 사용할 때 부딪히는 어려운 점은 종이가 잘 찢어진다는 것이다. 색을 입히기 위해 칠해진 도료(塗料)는 종이의 견고성을 높이는데, 아무래도 단면 색종이는 한 면만 색깔이 들어가니 양면 색종이보다 잘 찢어진다. 물론 이상적인 단면 색종이는 하얀색과 다른 색을 같이 입힌 양면 색종이겠지만 그런 색종이는 아직 본 적이 없다.

따라서 단면 색종이를 다룰 때에는 조금 더 세심한 주의가 필요하다. 미리 선을 접을 때에도 꼭 필요한 부분만 접어야 하고, 접을 때에도 무조건 세게 누르기보다 힘을 적절하게 배분해야 한다. 종이는 접으면 접을수록 닳고 해지기 때문이다. 단면 색종이의 종류도 신경을 써야 한다. 반짝이는 염료가 칠해진 경우에는 손을 많이 댈수록 하얀 면에 도료가 배어나올 때가 많다. 보이지 않는 손기름이 원인이므로 이때는 번거롭더라도 접을 때 자주 손을 씻는 노력이 필요하다. 요컨대 종이의 특성에 따라 접근법이 달라져야 멋진 결과물을 얻을 수 있다.

정신과에서 환자를 대하는 방법 역시 그렇다. 정신과 공부를 하면서 가장 마음에 들었던 점은 개별적인 접근을 한다는 것이었다. 외부로 표출되는 증상은 동일하더라도 내부에 자리 잡게 된 원인은 환자마다 다르기 때문에 절대 동일한 방법으로 환자를 치료할 수 없다. 종이의 재질, 특성에 따라 접는 방법을 바꾸는 것처럼 환자에 따라 안성맞춤으로 전략을 짜는 것이 정신과 치료의 핵심이다. 문제는 한국의 의료 현실이 녹록치 않다는 점이다. 현재 병원에서 정신과 의사 환자 한 명이 담당하는 입원 환자의 수는 50명 정도다. 한 명씩 10분만 면담을 해도 벌써 500분, 8시간이 넘어간다. 이런 상황에서는 불가피하게 천편일률적으로 환자를 보게 된다. 전문의가 되고 계속 병원에서 근무하면서 나 역시 이런 상황에 익숙해졌다. 그런 내게 종이접기는 정신의학을 처음 배우던 시절 느꼈던 중요한 정신을 다시 일깨워줬다. 물론 치료 환경의 구조적 한계는 여전하지만 초심을 회복한 것만으로도 내게는 각별한 의미가 있다.

종이접기 책에서 깨달은 내용도 있다. 초등학교 때 이후 30년 만에 종이접기 책을 펼쳐봤을 때 처음 접한 용어가 있다. 바로 '골 접기(Valley Fold)'와 '산 접기(Mountain Fold)'이다. 오래전 기억을 떠올리면 종이를 내 쪽으로 접을 때는 '안으로 접기', 내 반대쪽으로 접을 때는 '밖으로 접기'로 표현을 했다. 이렇게 설명하면 눈으로 직접 보지 않는 한 어떻게 접으라는 것인지 파악하기가 쉽지 않다. 반면에 종이가 골짜기처럼 아래로 내려앉게 접으니까 골 접기, 산처럼 위로 솟아오르게 접으니까 산 접기라고 부르는 것은 직관적이어서 어렵지 않게 감을 잡을 수 있다.

이런 용어에 대한 경험은 진료실에서 내가 어떻게 말하는지를 되돌아보게 했다. 예를 들면 '병식(病識)'이라는 의학 용어가 있는데, 흔히 "환자분 병식이 아직 부족해서 퇴원은 미루는 게 좋겠습니다"처럼 사용한다. 나름 설명을 잘했다고 뿌듯해 하고 있으면 보호자는 짧게 되물어

본다. "그런데 병식이 뭐죠?" 맞다, 처음부터 '병에 대한 인식' 정도로 풀어서 말해야 했다. 병원 안에서 일상적으로 쉽게 쓰이는 말도 병원 밖 사람들에게는 충분히 낯설고 어려울 수 있는 것이다.

용어에서 시작된 깨달음은 보다 친절한 의사가 되는 일에도 영향을 미쳤다. 진료실에서 친절함은 어떻게 나타날까? 미소를 띤 서글서글한 표정으로 응대하는 것도 친절이겠지만 내가 잘할 수 있는 친절은 자세한 설명이다. 특별히 똑똑하지도, 면담 기술도 좋지 않은 내가 그나마 시늉이라도 낼 수 있는 영역이기 때문이다. 알코올의 금단증상을 기계적으로 읊는 게 아니라 왜 그렇게 나타날 수밖에 없는지를 보여주고, 처방하려는 항갈망제의 부작용과 대처법을 미리 설명하는 식으로 말이다.

종이접기 방법 중에 '뒤집어 접기(Reverse Fold)'라는 방법이 있다. 이름 그대로 종이를 뒤집어서 한쪽 면으로 튀어나온 부분을 반대쪽 면으로 접는 것이다. 가끔 여러 겹으로 접혀 있는 부분을 한 번에 뒤집어서 접어야 할 때도 있다. 실력이 부족하던 시절에는 이런 접기를 마주치면 너무 어려워 종종 접는 것을 포기해야 했다. 그래서 도면에 단순히 '여러 번 뒤집어 접기(Multiple Reverse Fold)'라고 적어만 놓는 게 아니라 산 접기와 골 접기를 일일이 그림으로 표시해 놓은 책을 만나면 그렇게 반갑고 고마울 수가 없었다. 요컨대 3차원으로 이뤄지는 접기 과정을 2차원으로 어떻게 설명하는지에 따라 좋은 종이접기 책 여부가 결정되는 것처럼, 어려운 의학 용어가 난무하는 진료실에서 얼마나 알아듣기 좋게 말하는지에 따라 친절한 의사가 결정되는 셈이다.

용을 접기 위해 필요한 것들

종이접기에서 얻은 깨달음은 꼭 진료실에서만 국한되지 않았다. 종이접기를 대부분 아들과 같이했기에 둘 모두 같은 작품을 접을 때가 많았다. 처음에는 아무래도 어른인 내가 접은 결과물의 완성도가 높았고, 접다가 중간에 막히는 부분이 있을 때에도 내가 해결하는 경우가 많았다. 그런데 어느 순간부터 아들이 나보다 빨리 접고, 완성작의 매무새도 한결 앞서기 시작했다. 잘 접히지 않는 부분을 해결하는 것도 점차 아들 몫이 되었다. 아빠로서 아들의 발전이 당연히 뿌듯했지만 나 역시 같이 접어왔기에 한편으로는 묘한 경쟁심이 생겼다. 아들이 성장하면서 점차 아빠를 능가하는 것은 자연스러운 현상이겠지만 그렇다고 아들이 초등학생일 때부터 밀리고 싶지는 않았다. 이윽고 종이접기는 매번 나와 아들의 진검 승부 같은 국면으로 치달았고, 대개 아들의 승리로 끝나곤 했다. 아빠를 이겨 의기양양해진 아들 앞에서 나는 겉으로는 괜찮은 척 표정 관리를 하면서도 속으로는 상황을 합리화하며 스스로를 위로했다. '그래. 나는 원래 손재주가 없잖아. 학생 때나 인턴 때 수술방에서 종종 쫓겨났을 정도니까.'

그러던 어느 날 아들 방을 청소하다가 옷장 아래에 숨겨진 커다란 상자를 발견했다. 상자를 열어보니 그동안 아들이 접은 수백 개의 종이접기 작품들이 들어 있었다. 언제 저만큼 접었는지 짐작이 되지 않을 정도로 많은 양이었다. 그렇다. 아들의 종이접기 실력은 시간과 노력을 꾸준히 투자한 결과였던 것이다. 그동안 아들의 실력을 그저 타고난 재능 정도로 치부했던 내 자신이 부끄러워졌다. 어디 종이접기만 그랬던가. 뭔가에 도전했다가 실패했을 때에 실상은 노력이 모자랐던 것인데도 늘 재능이 부족해서라고 애써 스스로를 위로했다. 어설픈 합리화로 알량한 자존심을 건지는 데에 급급했던 것이다.

그날 밤 나는 빳빳한 큰 종이 하나를 꺼내 들었다. 봉투에서 꺼내다가 손이 벨 정도로 힘 있는 종이였다. 목표는 오랫동안 엄두도 내지 못하던 복잡한 용 접기였다. 며칠 동안 접었다 폈다를 여러 차례 반복했다. 점차 용의 형태가 잡혀가자 종이는 천천히 힘을 잃어갔다. 접은 부분뿐만 아니라 접지 않은 부분까지 그렇게 해질 즈음 용이 완성되었다. 내 삶의 많은 부분도 그랬다. 충분한 시간과 노력 없이 열매를 바라는 것은 도둑 심보였다. 계속 물을 주고 벌레도 잡아주고 해야 결실을 맺을 수 있다는 평범한 진리를 종이접기를 통해 늦게나마 깨달았다.

복잡한 작품을 본격적으로 접기 시작하면서 새롭게 얻은 통찰도 있다. 쉬운 작품의 경우에는 중간에 잘못 접었더라도 완성한 상태에서 수정하기가 그리 어렵지 않았다. 하지만 어려운 작품의 경우에는 각도를 부랴부랴 조정하고, 접은 면을 이리저리 바꿔 봐도 여전히 부자연스러울 때가 많았다. 그동안 접은 게 아까워서 손으로 만지작만지작 해보지만 그럴수록 종이는 점점 해져가면서 보풀만 일어났다. 한마디로 실패였다. 중간에 잘못 접기 시작해서 실패한 작품을 성공적으로 접기 위한 유일한 방법은 오류가 발생한 지점으로 돌아가는 것밖에 없다. 우리의 삶도 그렇지 않을까? 가고자 하는 방향에서 조금 어긋나면 언뜻 별다른 차이가 없어 보이지만 한참을 가다 보면 완전히 다른 방향으로 가고 있을 수 있다. 원래 가려던 방향으로 가는 가장 쉬운 방법은 처음 틀어지기 시작한 지점으로 돌아가는 것이다.

현재 근무 중인 병원에서 조절되지 않는 음주로 고민하는 환자들에게도 이런 이야기를 종종 건넨다. 의존이라는 질환은 시작될 즈음에는 삶의 방향에 크게 영향을 주는 것 같지 않지만 병이 진행될수록 자신도 모르게 건강한 삶에서 너무 많이 벗어나게 되기 때문이다. 알코올의존증에 대해 쉽게 생각하는 환자들이 흔히 사는 방식은 유지하면서 술 끊는 기술을 터득하는 정도로 문제를 해결하려 한다. 하지만 그렇게 해서는 오랫동안 천천히 건강을 침식(侵蝕)해 온 알코올의존증에서 벗어나기 힘들다. 잠깐 괜찮아진 것 같다가도 도로묵이 되기 쉽다. 진정으로 질환에서 회복되는 길은 처음으로 돌아가는 것이다. 알코올에 가려 보지 못했던 마음의 쓴 뿌리를 찾고, 삶의 모든 영역을 점검하는 방향으로 진로를 설정해야 한다. 빨리 일상으로 돌아가고 싶은 환자는 이런 치료 작업을 쓸데없이 복잡하고 불필요한 것으로 여기곤 한다. 이럴 때 종이접기에 빗댄 설명은 나름 효과를 발휘한다.

물론 회복의 길은 쉽지 않다. 그럴 때는 혼자서 모든 문제를 짊어지지 않는 자세가 필요하다. 질병 회복의 지난한 과정을 애들이나 할 법한 종이접기 과정에 비유하면 환자들이 불쾌하게 여길 수도 있지만 종이접기는 역시 소중한 교훈을 준다. 복잡한 작품을 접을 때 나는 맨손으로 접지 않고 뾰족한 플라스틱 긁개와 단단한 쇠 자의 도움을 종종 받는다. 완성작을 최대한 실물과 비슷하게 접으려면 매우 작은 곳을 접거나 어긋남 없이 정확하게 선을 내야 하기 때문이다. 크고 뭉툭한 손으로는 온전히 처리할 수 없는 작업들이다. 이처럼 혼자서 북 치고 장구 치며 나의 힘만으로 문제를 해결하려는 것은 교만이다. 역설적이지만 겸손하게 주변의 도움을 받을 때 나의 능력은 오히려 커질 수 있다. 많은 환자들이 자존심 때문에 가족, 친구 혹은 치료진에게 도움 청하는 것을 망설이곤 한다. 아픈 자아를 여전히 버리지 못하는 것이다. 혼자 삶을 수습하려 할수록 환자의 삶은 더 구렁텅이로 빠져든다. 새 술은 새 부대에 담듯 그들의 마음을 새롭게 변화시킬 때도 종이접기에 빗댄 나의 설명은 유용하다.

내가 '종이 접는 정신과 의사'가 되는 데에 크게 영향을 준 아들은 정작 요새 종이접기를 열심히 하지 않는다. 대신 그리기의 매력에 흠뻑 빠져 있다. 같이 종이를 접자 해도 영 시큰둥하고 거듭 사정해야 크게 인심 쓰는 듯 한 번씩 접곤 한다. 그래도 나는 여전히 종이접기가 좋다. 손재주가 없어 초중고 시절 늘 미술 실기 점수가 좋지 않았고, 대학 때는 수술방에서 쫓겨나기 일쑤였던 나도 나름 있어 보이는 작품을 투박한 두 손으로 만들 수 있다는 희망을 안겨줬기 때문이다. 나아가 종이접기를 통해 병원에서 만나는 환자들을 효과적으로 도울 수 있는 여러 방법을 깨달았으며, 어떻게 더 의미있고 치열하게 내 삶을 살아가야 할지 알게 되었다. 이렇게 유익한 종이접기에 앞으로 많은 사람들이 동참했으면 좋겠다. 과거에 젊은 연인들이 "라면 먹고 갈래?" 하던 것이 요즘은 "넷플릭스 보고 갈래?"로 바뀌었다는데, 가까운 미래에는 "종이접기 하고 갈래?"가 새로운 대세가 되면 좋겠다.

종이접기 세계관의 확장을 꿈꾼다

어느 분야든 밖에서 볼 때는 단순해 보이지만 안으로 들어가면 복잡하다. 종이접기 역시 그렇다. 그저 색종이 하나만 있으면 된다고 생각할지 모르지만 이 분야 역시 복잡하기 그지없다. 처음 입문할 때는 문방구에서 구입한 15×15cm 크기의 색종이를 사용하지만 접는 작품이 복잡해지고 정교해지면 이런 종이로는 양이 차지 않게 된다.

모든 취미 생활이 그렇듯 종이접기에서도 장비병은 피해갈 수 없다. 자연스럽게 종이접기 하기에 좋은 새로운 종이들을 찾게 된다. 단순히 자본을 투자해서 외국의 비싼 종이를 구매하는 방법도 있지만, 나처럼 종이접기에 진심인 사람들은 마음에 차는 재료를 직접 만들어내는 쪽을 택하기도 한다.

이를테면 큰 종이를 만들기 위해 작은 종이를 붙이거나, 원하는 색으로 양면 종이를 만들기 위해 얇은 종이 두 개를 합지(合紙)하거나, 견고함을 늘리기 위해 종이 사이에 포일(Foil)을 끼워 넣는 것이다. 또한 시중 종이에 원하는 색이 없는 경우에는 일단 작품을 완성해 놓고 물감을 칠하거나 아예 처음부터 종이를 염색하기도 한다. 아마 코로나19라는 엄중한 시국이 아니었으면 좋은 종이를 사겠다는 일념 하나로 종이접기가 발달한 일본행 비행기에 몸을 싣는 일도 얼마든지 감행했을 듯하다.

마블 시네마틱 유니버스(Marble Cinematic Universe; MCU)라는 말이 있다. 아이언맨을 필두로 여러 마블 코믹스의 슈퍼 히어로가 등장하는 영화 속 세계관을 뜻하는 말이다. 종이접기에서 시작해 좋은 재료까지 파고든 나의 딴짓은 앞으로 MCU처럼 종이접기 세계관을 생성하고 확장하는 데에 일조하고 싶다는 새로운 꿈에 접어들었다.

지금처럼 종이접기가 아직 뭘 모르는 아이들이나 뇌가 약해지는 노인들에게만 국한되는 것이 아니라 남녀노소 다양한 사람들이 참여하고 즐기는 활동이 되었으면 하는 바람이다. 당장 내가 할 수 있는 일은 지금까지 해왔던 것처럼 열심히 종이를 접고, 사진을 찍어, 페이스북에 올리는 일이겠지만 조금씩 일상의 여러 장소에서 종이접기의 씨를 뿌리고 싶다.

예컨대 병원 내 방에는 틈틈이 만들어 놓은 종이접기 소품들이 있는데 방문객들에게 선물하는 용도로 사용하고 있다. 또 주변 사람들에게 안부나 감사 편지를 쓸 때에도 이런 소품들을 사용한다. 아예 편지나 봉투 자체를 종이접기로 만들 때도 있다. 병원 교육 시간에도 환자들의 이해를 돕기 위해 종이접기 내용을 넣곤 한다. 언제 싹이 트고, 꽃이 피고, 열매를 맺을지는 모르겠지만 오늘도 농부의 마음으로 씨를 뿌린, 아니 종이를 접는다.

페이스북이 내 인생에 플러스가 된 지점

원래 대학 시절 홈페이지를 직접 제작해서 운영할 정도로 나름 정보기술(IT) 얼리어댑터였다. 하지만 졸업 후 정신과 의사라는 직업의 특성상 불가피하게 신비주의(?) 전략을 취하면서 SNS와는 오랫동안 담을 쌓은 채 지냈다. 앞서 밝힌 대로 페이스북을 시작할 때에도 트위터, 인스타그램, 유튜브 등 다른 SNS도 고민의 물망에 올랐다. 최종적으로 페이스북을 선택한 이유는 다른 SNS에 비해 텍스트 위주여서 그나마 친숙했기 때문이다. 페이스북에 발을 담글 때에는 오프라인에서 익숙하던 사람과 친구를 맺는 것이 주된 이유였지만 이제는 페이스북에서 알게 된 사람과 '페친(페이스북 친구)'이 되어 소통하는 것이 더 큰 비중을 차지하고 있다.

늦게 배운 도둑이 날 새는 줄 모른다고 했던가. 이미 많은 사람들이 활동을 접거나 다른 SNS로 옮겨 탄 페이스북에서 나는 뒤늦게 온라인 교제의 정수를 맛보고 있다. 다양한 분야에서 활동 중인 페친들의 글을 읽는 것만으로도 내 시야가 넓어지고 많은 것을 알게 되는 것이 페이스북을 통해 얻은 가장 큰 선물이지 않을까 싶다. 소심한 성격상 적극적인 대화보다는 '좋아요'로 글을 잘 읽었다고 수줍게 알리지만 말이다. PC 통신을 하던 대학 시절 꿈꿨던 의미있고 소중한 온라인 교제가 바로 이런 것이지 않을까?

트렌드넷(SNS 마케팅 회사) 대표

백 인 혜

(주)트렌드넷 대표. GIN 글로벌 인플루언서 협동조합 이사. 다수의 기업에서 SNS 채널 운영 대행 및 컨설팅, 강의로 밥벌이 중.《스포츠경향》,《레이디경향》(백인혜의 SNS 톡톡) 칼럼니스트.

한마디 소개 선질러, 후수습의 경험형 인간

디지털 노마드를 지향하기 위해 직장 생활을 벗어나 오랜 시간 프리랜서로 활동하면서 '자유로운 영혼'에 대한 갈망이 더 강해졌다. 어떤 것에 얽매이는 것을 싫어한다. 언제나 새로운 경험을 하는 것에 대해 두려움이 없고 늘 흥미를 느낀다. 다양한 스토리가 넘쳐나는 SNS 세상은 이런 나에게 최적의 일터이자 놀이터가 되었다. '경제력이 뒷받침되는 한량'의 꿈을 가슴에 담아 두고, 어제보다 발전된 오늘을 살기 위해 매일을 즐기며 살아가고 있다.

9

퇴사 후
인플루언서가
되기로 결심했다

일단
지르고, 만나고, 꿈꾼다
더 내 마음에 드는
나를 위해서

퇴사하고 블로거가 되었다

나의 첫 사회생활은 충무로의 한 디자인 에이전시에서 시작되었다. 요즘엔 야근하는 문화가 많이 없어졌다고들 하지만 당시만 해도 디자이너에게 야근이란 일상이었고 밤샘 철야 작업까지도 당연하게 여겨지던 시절이었다. 상당한 시간을 디자인 일에 쏟으며 몸과 마음이 지쳐가던 와중 문득 이런 생각이 들었다.

트렌드넷(SNS 마케팅 회사) 대표 **백인혜**

'사람답게 살고 싶다.'

그 당시 나의 생활은 그야말로 안드로메다에 가 있었다. 사실상 클라이언트가 내 스케줄을 전부 결정하여 개인적인 자유란 거의 없다고 해도 과언이 아니었다. 디자인만 할 수 있다면 밤을 새도 좋다고 생각했던 초심은 오랜 기간 무리한 스케줄로 몸과 마음이 만신창이가 되어가면서 잊힌 지 오래였다. 각막이 손상될 정도로 과다하게 업무들을 처리하면서 어느새 디자이너가 아니라 오퍼레이터가 되어 있는 나 자신을 발견했다.

변화가 필요했다. 뭐가 됐든 이제는 소위 말하는 '갑'의 위치에 서고 싶었다. 심사숙고 끝에 디자이너 생활을 청산하고 일반 기업의 마케팅팀으로 이직했다. 직장 생활을 하는 이상 '갑'이 되는 일이 쉽지 않지만, 그래도 전보다는 숨 쉴 구멍이 생긴 느낌이었다. 언더웨어가 주 카테고리인 패션 회사에서 근무했기 때문에 예쁘고 멋진 언더웨어 모델도 실컷 구경했다. 촬영장이나 다양한 쇼케이스 등을 다니며 눈이 호강했다.

그러나 그것도 익숙해질 때쯤, 쳇바퀴처럼 돌아가는 직장 생활이 나에게 맞지 않는다는 생각이 지배적으로 들기 시작했다. '나는 아무래도 직장 생활 체질이 아니야'라는 자기 주문과 합리화를 하면서 본격적으로 프리랜서의 길에 들어서게 됐다. 조직 생활 바깥은 너무나 자유로웠다. 이런 신세계를 나만 몰랐던 걸까 싶었다.

무엇보다 가장 좋았던 것은 지옥철을 타고 왕복 3시간씩 걸려 출퇴근을 하지 않아도 된다는 점이었다. 자로 그어 놓은 듯한 파티션이 아니라, 음악이 흘러나오는 카페에 앉아 있는 여유로운 사람들의 모습이란…. 그 무리에 합류한다는 사실만으로도 한층 살아 있는 듯한 느낌이 들었다. 더불어 주어진 시간을 내 마음대로 쓸 수 있다는 사실은 앞으로 하고 싶은 것들을 무엇이든 해나갈 수 있다는 희망도 안겨주었다.

그때쯤 본격적으로 시작하게 된 게 네이버 블로그였다. 지금으로부터 17년 전으로 한창 곳곳에서 블로그 교육을 진행하고 있었다. 카메라를 들고 다니면서 음식 사진을 찍어 올리고 광고비로 공짜 밥을 먹기도 하는 파워 블로거들의 삶이 좋아 보였다. 나도 맛집을 좋아하는 터라, 맛있게 먹는 일상을 기록해가며 온라인상에 내 공간을 만들어가는 기분이 썩 괜찮았다. 거기에 애드포스트 수입으로 조금이나마 용돈 벌이도 할 수 있으니 여러 가지로 동기부여가 됐다. 지금이야 사람들이 SNS에 워낙 익숙해져 있어 음식 사진 찍기 전에 젓가락부터 들이대면 오히려 센스 없는 사람 취급을 받는 분위기지만, 그때만 해도 그렇지 않았다. 처음 블로그를 하던 당시 내가 음식점에서 사진을 찍고 있으면 옆에서 흘깃흘깃 보는 시선이 느껴졌다. "저 사람 블로거인가 봐."

심지어 친구들은 내게 나이 먹고 별짓을 다 한다며 핀잔을 주기도 했다. 그런데 신기하게도 나는 주변에서 자극을 주면 오히려 꿈틀하는 성향이 있다. 소위 말하는 '똘끼' 기질이 있달까? 주변에서 인정하지 않으니 '그래? 그럼 내가 한번 보여줄게' 하는 오기가 생겼다.

사실 블로그를 키워나가는 일에는 생각보다 많은 시간과 노력이 필요하다. 포스팅 하나를 쓰는 데도 족히 1시간이 넘게 걸리기 때문에 '1일 1포스팅을 하겠다'는 나름의 결심은 스스로를 꾸준히 단련시켜주었다. '피곤한데 오늘은 그냥 건너뛸까?' 고민하는 날도 있었지만, 밤 12시에 귀가하더라도 새벽 2시까지 컴퓨터 앞에 앉아 포스팅은 꼭 하고 잠자리에 들었다. 그렇게 6개월을 꼬박 관리해 결국 블로그 협찬을 받아 고급 미용실도 다니고, 청담동 피부과에서 고가의 관리도 받아보고, 맛있는 것도 실컷 먹어봤다. 요즘 인플루언서들의 협찬 생활을 10여 년 전에 이미 누려본 셈이다.

그러다가 좀 더 눈을 돌려 시작한 것이 페이스북이었다. 블로그에 비하면 10분도 안 걸려 뚝딱 올리면 되는 페이스북은 너무 간편했다. 한번은 어느 모임에 갔는데 어떤 분이 자랑을 했다. 페이스북을 시작한 지 한 달여 만에 친구 5,000명을 만들었다는 것이다. '그게 진짜 될까?' 나도 반신반의한 마음에 시작해 보았는데 정확히 한 달 반 만에 친구가 5,000명에 도달했다. 하루에 4시간씩은 페이스북에만 매달려 있었다. 처음에는 친구 수가 많다는 게 뿌듯했고 그래서인지 뭔가 해냈다는 기쁨에 취했으나, 나중엔 친구 수 자체는 중요한 게 아니라는 사실을 알게 됐다.

SNS 운영이 직업이 되기까지

어찌 됐든 우연한 계기로 시작한 페이스북은 내 삶의 전환점이 되었다. SNS를 하기 전과 후의 인생은 너무나도 달라졌다. SNS 마케팅 분야를 업으로 삼게 되어 이제는 SNS가 본격적인 일터가 되었으니 오죽하겠는가. 그 기반에는 바로 '퍼스널 브랜딩'이 있다. 처음에는 단순하게 '선하게 영향력을 주는 리더'가 되고 싶다는 생각에 온갖 SNS에 '선한 영향력 백인혜'라고 도배를 해뒀다. 대기업 브랜드에는 항상 슬로건이 붙는 것처럼, 나라는 개인에게도 내 이름 석 자를 설명해 줄 수 있는 수식어가 붙으면 좋겠다는 생각이었다. 명함에 보통 대표, 팀장 등 직급이 표시되는 자리에 작은 글씨로 '선한 영향력'이라는 단어를 표기했다. 심지어 누군가가 내 핸드폰으로 전화를 걸면 통화 연결음에서도 '선한 영향력 백인혜 씨 핸드폰입니다'라는 메시지가 나왔다.

회사에 소속되어 있지 않은 프리랜서로서 사람들에게 나를 인지시키고 어필하려 할 때, 나라는 사람을 표현하는 한 줄 타이틀은 생각보다 효과가 굉장했다. 명함을 보거나 전화를 걸어왔을 때 "저도 선한 영향력이라는 단어를 좋아하는데."라며 말을 건네는 사람들이 생각보다 많았다. 더불어 그 단어가 주는 긍정적 이미지 덕분인지, '선한 사람'으로 이미지 메이킹이 되는 둔갑 효과도 있었다.

사실 말이 좋아 프리랜서지, A부터 Z까지 혼자서 모

든 걸 해야 한다. 멋모르고 영업 아닌 영업도 뛰어봤다. 각종 모임을 쫓아다니며 인맥을 넓혀보겠다고 시간과 체력도 많이 투자했다. 그 결과 '족저근막염'을 얻었다. 움직인 것만큼 성과가 나오지 않는 것은 물론이고 경제적 어려움이 계속되었다. 이미 입이 아닌 손가락으로 말하는 시대가 도래했는데, 나는 시대를 역행하는 짓을 하고 있었는지도 모르겠다.

시간이 흘러 나름 요령이 잡히면서 고정적인 거래처들이 생겨났다. SNS 마케팅은 한두 달의 단기적인 활동으로 결실을 볼 수 있는 것이 아니기 때문에 보통 6개월에서 1년 단위로 계약을 한다. 프리랜서로 수입이 늘어나면서 세금도 고려해야 하고 레퍼런스도 쌓아야겠다는 생각이 들었다. 정식으로 법인사업자 등록증을 내 지금의 회사를 차리게 됐다. 같은 일이라도 대표라는 직함을 달고 하게 되니 확실히 책임감이 더해졌다. 지금은 교육 회사, 푸드 프랜차이즈, 쇼핑몰 등 다양한 클라이언트들에게 SNS 채널 운영과 코칭, 컨설팅 등을 하며 시너지를 내어가는 중이다.

처음부터 마케팅을 전문으로 공부해 온 것은 아니기 때문에 실전에서 하나하나 경험하며 나만의 인사이트를 쌓아야 했다. 특히나 SNS를 툴로 활용하는 일은 트렌드에 민감하기 때문에 끊임없이 공부하고 새로운 것을 받아들여야 한다. 다른 회사들이 어떻게 하고 있는지 벤치마킹도 하고, 요즘 유행하는 콘텐츠가 뭔지도 살피고, MZ세대는 어떤 단어로 소통하는지 경험하는 등 눈여겨봐야 할 것이 천지다. 그러다 보니 사람들이 관심 갖는 것에 대해 궁금해 하고 고민하는 것이 습관처럼 굳어졌다. 오프라인에서도 장사가 잘되는 집에 가면 '이 가게는 왜 장사가 잘될까?', '저기는 왜 저렇게 사람이 없지?' 등 지속적으로 'WHY'를 생각하곤 한다.

이렇게 내가 생각하는 것들, 내가 하고 있는 것들이 꾸준히 축적되어 지금의 비즈니스로 돌아오기까지는 시간이 조금 걸렸지만, 어느덧 '스노우볼 효과'처럼 눈덩이가 되어 굴러가고 있다. SNS에 기록이 쌓여가니 얼굴 한 번 마주한 적 없는 오래된 페친들이 비즈니스를 연결해주거나 강의를 요청해주기도 한다. 오래전 강사와 수강생으로 만나 페이스북으로 소통을 이어간 국장님 덕분에 언론사에서 칼럼니스트로도 활동하고 있다.

관심은 관계와 소통으로부터

SNS를 활용하여 대중과 소통하는 데 있어서 가장 중요한 것은 뭘까? 적어도 내가 성장해 온 과정의 가장 중심에는 바로 '관계'가 있었다. 사람들이 항상 물어보는 질문이 있다.

"어떻게 하면 '좋아요'가 그렇게 500개 넘게 눌리고, 댓글이 150개 넘게 달릴 수 있어요?"

"어떻게 그렇게 다양한 사람들을 많이 아세요?"

나는 원래 직장 생활만 하던 사람이니 주변에 오래 어울려 온 친구들 외에 인맥이라고는 제로에 가까웠다. 누군가는 '미친 인맥'이라는 격한 표현을 쓰기도 하는데, 사실 그 모든 것은 '관계'를 중심으로 한 페이스북에서 시작된다.

상당 시간을 '소통'에 투자했다. 내 게시글에 반응해 주는 사람에게 다시 가서 소통을 하는 것은 그분들에 대한 예의라고 생각한다. 한 분, 한 분께 모두 감사한 마음이었기에 빼놓지 않고 답방을 하려고 노력했다. 그 결과 쫀득쫀득한 관계가 형성되면서 오프라인 지인들보다도 가까워진 사람들이 있고, 내가 여태 살아오며 만난 사람들

의 몇 배에 해당하는 다양한 카테고리의 인맥이 만들어
졌다. 한 사람 뒤에는 100명의 사람이 있다는 말처럼, '키
맨' 역할을 하는 페친 한 분의 소개로 새로운 연결고리들
이 지속적으로 이어지기도 했다.

　페이스북에 심심치 않게 올라오는 단골 게시글 중
하나는 '소통하지 않으면 페친을 끊어버리겠다'는 협박성
글이다. 이는 여러 가지 이유가 있겠지만, 페이스북은 친
구가 5,000명이라고 해도 그들의 게시글이 타임라인에 모
두 보이지는 않는다. 반응을 자주 보인 친구들에게 더 자
주 보여지고, 페친이어도 나의 글이 그 사람에게 노출되
지 않는 경우도 있다. 게시글을 보고도 반응을 하지 않으
면 친구가 맺어져 있어도 게시글이 아예 감춰질 수 있는
것이다. 결국 소통을 해야 서로 페친으로 남아 있는 의미
가 있는 것이다. 누군가 내게 반응을 보여주길 원한다면
나 역시 사람들과 얼마나 적극적으로 소통하려 했는지를
생각해 볼 필요가 있다.

　SNS에 자신을 노출하는 사람들 누구나 관심을 받고
싶은 본능이 있을 것이다. 이러한 본능조차 없다면 혼자
일기장에 끄적거리면 될 일을 굳이 온라인에 노출할 필요
가 없지 않은가. 요즘은 다소 부정적인 느낌으로 '관종'이

라는 단어를 쓰지만, 오히려 한쪽에서는 "우리는 모두 관종이다."라고 대놓고 말하기도 한다.

타인에게 관심을 받을 목적만으로 자극적인 콘텐츠, 병적 수준의 행동, 타인에 대해 피해를 주는 행위가 이어진다면 이는 분명 문제다. 하지만 '관종'이라는 키워드를 잘 활용하여 자신만의 개성 있는 콘텐츠를 만든다면 '퍼스널 브랜딩'에서 중요하게 말하는 '자기다움'을 장착한 크리에이터가 될 수 있다.

디지털 시대의 관종은 자기 계발에도 상당한 도움이 된다. 타인의 관심을 끌기 위해서 노력하는 사람은 아예 아무것도 하지 않는 사람보다 훨씬 큰 발전을 이룰 가능성이 있다. 건강한 관종의 긍정적 파장은 개인의 영향력을 만들어낸다. 타인의 관심이 곧 브랜드가 되고, 부가가치를 창출해 광고 수익으로 이어지기도 한다. 그렇다면 관종을 꼭 나쁘게만 바라볼 필요가 있을까? 크리에이터의 시각으로 본다면 관종을 거부하는 사람들이 오히려 시대의 흐름을 놓치고 있는 것일지도 모른다.

내가 만난 분들 중에는 이렇게 적극적으로 자신을 브랜딩하는 일이 남사스러워서 못하겠다는 분들도 계셨다. 그런데 사실 남들은 생각보다 나에게 관심이 없다.

그냥 건강한 관종이 되어 그 과정을 즐기는 쪽으로 시선을 바꿔보면 어떨까? 무언가를 업로드하자마자 한 시간 내내 끊임없이 울려대는 알람들. 이는 때로 마약처럼 쾌락을 안겨주기도 한다. '진정한 관심'이라는 긍정적 자원을 나에게 장착한다면 영향력을 가진 1인 미디어의 발판이 될 수 있다.

나도 가끔은 페이스북을 하다가 멈칫할 때가 있다.

'이렇게 열심히 해서 뭐하지?'

개인적으로 만든 용어로 '페태기(페이스북 권태기)'라는 말을 쓰기도 하는데, 막상 페이스북에서 빠져나오면 다시 호기심이 삐죽 고개를 든다. 새로운 글을 올려 소통하고 싶은 욕구는 어딘가 중독성이 있는 듯하다. 그래서 나는 지금도 일터이자 놀이터인 페이스북에서 여전히 헤엄치는 중인가 보다.

나 자신을 돌보는 일

'나만의 취미'가 있으면 좋으련만, 내 삶에서 아직 그 부분은 공백으로 남아 있다. 대신 그때그때 감정에 따라서 하고 싶은 일을 마음껏 하며 살고 있고, 무엇보다 '나를 돌보는 일'에 상당한 시간과 비용을 투자하는 편이다. 돈을 버는 목적은 저마다 다양하겠지만 내가 비즈니스를 하는 목표는 메뉴판 가격 안 보고 먹고 싶은 음식 주문하고, 사고 싶은 걸 사고, 하고 싶은 걸 하면서 사는 것이다. 그래서 장래 희망이 무엇이냐고 물으면 농담 반 진담 반으로 '한량'이라 답하기도 했다.

한때 스스로를 괴롭히던 시간들이 있었다. 자기 계발에 과몰입한 나머지 나를 끊임없이 채찍질했다. 하루를 어떻게 보낼지 타이트하게 계획을 세워놓고 시간 단위로 무언가를 하지 않으면 불안한 마음에 시달렸다. 여름휴가도 몇 년 동안 가지 않았다. 주말이어도 항상 머릿속은 바빴다. 이것도 해야 하고, 저것도 해야 하고…. 몸은 가만히 있어도 머리는 멈추지 않고 나를 떠밀다시피 굴었다. 무엇이 나를 그렇게 안절부절못하게 했을까? 내게 남은 건 성장이 아니라 스트레스로 인한 몸과 마음의 병이었다.

트렌드넷(SNS 마케팅 회사) 대표 **백인혜**

신경과민은 비즈니스에도 영향을 미쳤다. 사소한 것에도 울화가 치밀어 올랐다. 성질을 부리다가 거래처와 관계가 끊어지기도 했다. 인간관계도 무언가 마음에 들지 않으면 무 자르듯이 잘라버렸다. 가끔은 이런 내 모습에 내가 더 놀랐다. 호랑이 같은 모습이 내 내면 어딘가에서 튀어나와 삶을 불편하게 했다. 어느 순간부터 내가 벼랑 끝으로 내몰린 기분이 들었다.

그런 생각들이 이어지자 문득 내 인생이 아깝다는 생각이 들었다. 일만 하려고 태어난 건 아닌데. 물론 일을 좋아하는 건 사실이지만, 취미 하나 없이 이렇게 시간을 보내는 게 맞을까? 일종의 번아웃이 왔던 것 같다. 그제야 나 자신부터 사랑하고 돌봐줘야 한다는 것을 깨닫게 되었다.

스트레스는 항상 몸으로 드러났다. 30대 초반에는 가벼운 암이었지만, 수술대에 올라가기도 했다. 얼굴이 멍게처럼 트러블로 뒤덮였던 적도 있다. 보는 사람마다 "피부가 왜 그래?"라고 묻는 것 자체가 스트레스였다. 트러블을 완전히 없애긴 어렵지만 완화라도 시켜보려고 카드 할부의 상당 부분을 피부관리실과 에스테틱 전용 화장품에 투자했다. 그제야 좀 봐줄 만해지고 마음이 편해지기도 해서, 나 자신에게 투자하는 것이 전혀 아까운 일이 아니라는 걸 알게 됐다. 무엇보다 이너뷰티가 중요한 것을 알기에 일주일에 3, 4마리는 먹던 치킨 등 튀김류를 줄이고 건강한 음식을 먹으려고 부단히 애쓴다.

　요즘은 SNS상에 정보가 넘쳐나다 못해 발에 치이는지라, 예쁜 카페나 다양한 먹거리와 볼거리가 즐비하다. 캡쳐를 해두고 하나씩 찾아가 보는 깨알 재미도 쏠쏠하다. '디지털 노마드'라는 용어처럼 일상 속에서 소소하게 나만의 자유를 만끽하려고 한다. 어느 날은 불현듯 공항철도를 타고 영종도 쪽까지 가서 바닷가 앞에서 노트북을 펼쳐놓고 일을 하기도 했다. 그럴 땐 갈매기를 벗 삼아 말을 걸어보기도 한다. 홀로 자신과 마주하는 시간이 얼마나 소중한지 느껴보면 그 매력에 흠뻑 빠져들게 될 것이다. 너무 즐기다가 외톨이가 되는 건 아닌지 걱정이지만 말이다.

　더불어 앞으로는 내 영혼의 휴식을 위해 '1년 1취미'에 도전할 생각이다. 뭘 하고 싶은지 하나씩 떠올리다 보니 하고 싶은 것들이 너무 많아서 다 할 수 있을지가 고민이다.

　일상을 SNS에 툰 형식으로 담은 '디지털 드로잉', 여행 가서 여유롭게 앉아서 미술놀이 하는 '여행 스케치', 지인들에게 메시지를 선물할 때 쓰는 '캘리그라피', 인스타에 담고 싶은 '감성 사진', 메마른 기분이 들 때 생기를 불어넣어 줄 수 있는 '꽃꽂이', 나가기 귀찮을 때 밀키트에 의존하지 않고 집에서 해 먹는 '집밥 요리', 보정 어플보다 실물이 낫다는 얘기를 듣기 위한 '내 얼굴에 맞는 메이크업' 등…. 이렇듯 지속적으로 리스트가 업데이트되는 중이다. 앞으로는 이 리스트를 하나씩 지워나가는 재미가 있을 것 같다. 세상의 모든 경험은 피가 되고 살이 된다. 한 번뿐인 인생, 이왕 태어난 거 재미있게 누릴 거 다 누리며 살아보고 싶다.

미래의 내가 사는 집

일을 하지 않을 때 혼자 힐링 삼아 즐기는 나만의 어처구니없는 딴짓 중 하나는 지나가다가 예쁜 집이 있거나 멋진 건물이 있으면 그 근처 부동산에 들어가 이것저것을 물어보는 것이다. 옷도 신발도 윈도쇼핑을 하는데 집도 미리 좀 알아본다고 해서 나쁠 게 무엇이겠는가. 포털 사이트에 들어가서 건물마다 구조는 어떤지, 집값은 어떤지 투어를 해보기도 한다. 요즘은 유튜브에도 부동산 영상이 많아 편하게 누워 한 손으로 휙휙 구경하기도 좋다.

한때는 바닷가나 호수가 보이는 전망 좋은 전원주택에 대한 로망이 컸다. 그런데 이 로망은 지인의 별장에 놀러 갔던 날 한순간에 접게 됐다. 산속에 있는 전원주택이라 그랬겠지만 뱀이 튀어나오는 것은 예사였고, 그 지인이 손바닥보다 큰 왕쥐를 잡아서 꼬리를 휙휙 돌린 후 저 멀리 던지는 모습을 보고 전원주택은 단념했다. 아무리 전망이 예뻐도 무서운 동물을 감당할 자신은 없어서 타운하우스로 목표를 변경했다. 예쁜 테라스에서 차도 마시고, 초록빛 가득한 풍경이 보이는 통유리 뷰 거실에서 여유롭게 책도 읽고, 무엇보다 지인들을 불러다가 바비큐 구이에 와인 홈 파티를 즐길 수 있다면 최고의 인생 아닐까.

나는 생각하는 대로 이루어진다는 말을 믿는다. 당장은 살 수 없지만 그 집을 사기 위해 얼마가 필요한지, 그에 따른 세부적인 사항은 뭐가 있는지 구체적으로 살피다 보면 나만의 목표가 설정되기도 한다. 멘탈이 오르락내리락할 때 스스로에게 동기부여를 주는 방법은 여러 가지가 있겠지만, 나에게는 그게 미래의 집을 그려 보는 것이다. 미래에 내가 살 집과 라이프 스타일 등 여러 가지를 시각적으로 떠올려 미리 뇌 속에 인지시켜두면, 거기에 다가가는 날이 한 걸음 더 가까워지는 듯한 기분이 든다.

다시, 관계와 소통

나의 또 다른 딴짓은 '사람들과의 만남'이다. 그냥 보기에는 오지랖 넓게 여기저기 다니는 것 같을지도 모르겠지만, 사람에 대한 나만의 기준이 있다. 포인트는 '나보다 나은 사람'을 만나는 것이다. 내가 읽는 책과 주변 사람들의 평균 연봉이 몇 년 후 나의 모습이라는 말이 있다. 실제로 배울 점이 있는 분들은 만나면 새로운 경험이 될 뿐만 아니라 동기부여나 힐링이 되기도 한다. 물론 사회적 지위나 경제적 여건처럼 겉으로 보여지는 조건만을 말하는 것은 아니다.

SNS에서 다양한 사람들을 통해 그들의 희로애락 가득한 일상을 들여다보면서 인생을 배우기도 한다. 가끔은 웃긴 게시글이나 댓글에 히죽거리며 정신없는 사람이 되기도 하고, 사회적으로는 굉장히 카리스마 있어 보였으나 일상에서 드러나는 인간미 넘치는 모습에 귀여운 매력을 느끼기도 한다. 사람들 사는 모습을 들여다보는 일은 늘 새롭고 재밌다.

최근에는 책을 읽는 시간도 늘었다. 사람을 만나는 것과 책을 읽는 것은 어찌 보면 닮은 구석이 있다. 책은 내가 경험하지 않은 새로운 세계를 보여주고, 간접적으로 경험하게 해주며, 내게 어떻게 적용할 수 있을지 생각할 거리를 던져준다. 이보다 더 좋은 아이디어 보물상자가 있을까! 학창 시절에는 한 문장 읽기도 싫어하던 내가 이렇게 책순이가 될 줄은 몰랐다. 처음에는 먹고살기 위해 어쩔 수 없이 읽었는데, 지금은 한 장씩 종이를 넘기며 냄새를 맡고 줄을 긋는 일마저 좋아졌다. 읽지 않고 사다 나르는 것만으로도 행복해지는 부작용을 겪고 있긴 하지만.

마음에 드는 저자를 SNS에서 찾아보고 친구를 맺어 소통하는 일은 또 다른 재미다. 실제로 그렇게 해서 오프라인에서 만나게 된 저자들이 상당수 있다. 이처럼 기회는 내가 만들어가는 것이다. 글을 쓰다 보니 10을 안다고 10을 쓸 수 있는 게 아니라, 100을 알아야 겨우 10을 쓸 수

트렌드넷(SNS 마케팅 회사) 대표 **백인혜**

있다는 것을 알게 되었다. 모든 책은 훌륭하다. 글 안에 작가의 노하우가 한 방울이라도 담겨 있지 않은 책은 없다. 저자 특강이든 사인회든 교육이든 뭐든 좋다. 만나고 싶거나 관심 가는 사람이 있으면 유명인이라 할지라도 일단 친구를 신청해서 소통한 후에 만날 기회를 가져보는 것도 추천하고 싶다. 그러한 일들은 나에게 새로운 자극제가 되어줄 것이다.

물론 대뜸 누군가에게 먼저 다가간다는 게 좀 민망하고 부끄러울지도 모른다. 이때 내가 생각하는 나의 강점은 바로 '선질러 후수습' 정신이다. 나는 새로운 경험을 좋아하고, 도전에 대한 두려움이 적다. '어차피 해도 후회하고, 안 해도 후회할 거라면 미련이라도 남지 않게 경험해보고 나서 후회하자' 주의다. 새로운 경험들은 차곡차곡 쌓여 나만의 인사이트가 된다. 물론 그 덕에 몸이 고생하는 일도 비일비재하지만, 그 또한 경험이라고 생각하고 즐기기로 했다. 다양한 경험들과 관계들은 소중한 자산이 되어 나에게 쌓인다. 언뜻 쉬운 일인 것 같아도, 실제로는 아무나 하지 않는 일이다. 이런 내 모습을 나는 더 사랑한다.

비즈니스를 위한 페이스북 전략

요즘 대세가 인스타와 유튜브라고 해서 꼭 그 채널을 따라가야 하는 것은 아니다. 가장 먼저 생각할 것은 '왜 채널을 운영하려고 하는가?'에 대한 것이다. 누가 내 채널을 볼 것인가? 어떤 이야기를 할 것인가? 무엇을 목표로 삼을 것인가에 따라 나에게 맞는 운영 전략이 있다.

어디선가 이런 글을 본 적이 있다. 페이스북은 40, 50대의 놀이터고, 인스타는 20, 30대의 놀이터고, 10대는 가상 세계에서 메타버스를 탄다고. 어느 정도 인정하는 얘기다.

페이스북에 대한 여러 가지 부정적 의견들도 있지만, 여전히 비즈니스 소통을 하기 위해서, 혹은 B2B를 하기 위해서라면 페이스북에 나은 점이 있다고 본다. 나는 철저하게 비즈니스를 위해 SNS를 한다. 개인적으로 페이스북에서 비즈니스 성과를 가장 많이 냈다. 페이스북 전략의 핵심은 '관계', '진정성', '공감 어린 소

트렌드넷(SNS 마케팅 회사) 대표 **백인혜**

통' 이 세 가지라고 생각한다.

물론 비즈니스도 어떤 아이템을 취급하느냐에 따라 다르긴 할 것이다. 예를 들어 육아 용품이라는 가정하에 부모를 상대로 B2C 판매를 해야 한다면 페이스북보다는 인스타그램이 더 적합할 수 있다.

내가 치명적으로 매력적이지 않은 이상 나라는 사람을 꾸준히 어필해야 누군가가 관심을 가지고 지켜볼 것이다. 관계를 기반으로 하는 SNS의 특성상 일상을 소재로 한 글에는 '좋아요'가 상대적으로 많이 달릴 수밖에 없다. 비즈니스를 위해서 페이스북을 한다면 비즈니스도 일상화해서 올려보면 좋겠다. 사업 일기를 쓰듯이 성과가 좋은 일은 자랑도 하고, 때로는 진정성 있게 나의 생각을 표현하기도 하는 것이다. 꼭 긍정적인 내용만 올려야 하는 건 아니다. 예를 들어 '오늘 난 이래서 힘들었어요'라고 진심을 담아 글을 올리면 누구나 살면서 겪을 만한 감정이기에 토닥토닥 응원하고 격려해 주는 페친들의 반응이 달릴 것이다. 그렇다고 매일 우울한 글만 쓴다면 자신의 이미지에 부정적인 영향을 줄 수 있으니 지나친 감정 기복의 표현은 자제해야 한다.

어떻게 해야 페이스북 게시물에 '좋아요'와 댓글이 많이 달리는지를 두고 상황과 사진은 동일하게 한 후 이렇게 저렇게 테스트도 해봤다. 확실히 사실적인 것만 썼을 때는 반응이 떨어지고, 한 줄이라도 내 생각을 쓰거나 읽는 사람으로 하여금 '맞아 맞아' 하고 공감할 수 있는 메시지를 건넬 때 반응이 좋았다. 마케팅에서 중요한 포인트가 '고객의 입장에서 고객의 언어를 쓰는 것'이듯, 페이스북에서도 마찬가지다. 아무리 개인 채널이라도 지나치게 사적인 일상보다는 읽는 사람에게 정보가 될 수 있거나 공감을 일으킬 수 있는 게시물이 좋다.

주변에 세일즈 잘하는 분들을 만나보면 공통적인 특징이 있다. 노골적으로 상품을 홍보하는 것이 아니라 고객과 관계를 형성하고 그들의 니즈를 파악해 적재적소에 필요한 메시지를 던져서 연결고리를 만든다는 것이다. 그런 점에서

트렌드넷(SNS 마케팅 회사) 대표 **백인혜**

연애와 마케팅은 비슷하다. 이제 만나기 시작했는데 결혼하자고 달려들면 상대가 부담스러워서 도망갈 것이다. 마찬가지로 비즈니스 세계에서도 급한 마음에 대놓고 '내 제품 사세요.'라고 광고하는 건 역효과를 낼 수 있다. 상대방은 '누군지도 모르고 어떤 제품인지 알지도 못하는데 왜 사야 하지?'라고 의문을 가질 수밖에 없다. 그들의 입장에서 생각하면 쉽게 이해가 될 것이다.

언제까지 고객을 찾아다닐 것인가? 고객이 먼저 찾아오게 하는 방법은 나 자신을 브랜딩하는 동시에 관계를 형성하고 꾸준히 소통하는 것이다. 이런 자연스러운 연결 덕분인지 별도의 영업 없이도 우리 회사는 꾸준히 매출을 상승시키고 있다.

힙 피플, 나라는 세계

초판 1쇄 발행 2022년 02월 09일

지은이 · 김은하, 김진방, 박소정, 백인혜, 손민규, 오아영, 우승우, 장주연, 최강
펴낸이 · 박영미
펴낸곳 · 포르체

책임편집 · 이병철
편　집 · 원지연
마케팅 · 이광연
본문 디자인 · 최희영

출판신고 · 2020년 7월 20일 제2020-000103호
전화 · 02-6083-0128 | 팩스 · 02-6008-0126
이메일 · porchetogo@gmail.com
포스트 · https://m.post.naver.com/porche_book
인스타그램 · www.instagram.com/porche_book

©김은하, 김진방, 박소정, 백인혜, 손민규, 오아영, 우승우, 장주연, 최강
(저작권자와 맺은 특약에 따라 검인을 생략합니다)
ISBN 979-11-91393-54-5 (03810)

여러분의 소중한 원고를 보내주세요.porchetogo@gmail.com